八男？別鬧了！
19
Kadokawa Fantastic Novels

露易絲
薇爾瑪
「威德林先生都釣不到魚呢。」
「那卡特琳娜妳有釣到嗎？」
「只看數量的話是還不少。」
在另一側釣魚的卡特琳娜，
接連釣到一種約四十公分長，長得像鯖魚的魚。
威德林
卡特琳娜

新聞記者　露米・柯蒂斯
「像這樣採訪我們，
就有辦法寫成報導嗎？」
「妳是艾莉絲小姐吧？當然寫得出來！
對了，畢竟是請你們接受獨家採訪，
所以在發布報導前會先給你們確認。
有很多人對隱私這方面的事情很囉唆。」
艾莉絲

「鮑麥斯特伯爵大人，請往下看。」
「往下？」
宰相　萊菈・米爾・萊菈
我稍微垂下視線，發現那裡
站著一名打扮成國王的魔族少女。
魔王　伊莉莎白・懷爾・索奴塔克九百九十九世

19

八男？別鬧了！

Y.A

Kadokawa Fantastic Novels

彩頁、內文插圖／藤ちょこ

CONTENTS

八男？別鬧了！⑲

第一話	偵察與臨時徵調糧食任務	008
第二話	雖然未發生戰鬥，但事情一直沒有進展	048
第三話	第二次接觸	081
第四話	龍涎香	125
第五話	魔族的言行讓人覺得似曾相識	163
第六話	魔族的新聞記者露米・柯蒂斯	197
第七話	索奴塔克共和國	224
卷末附錄	女僕，遭遇了舊情復燃的場面	289

第一話　偵察與臨時徵調糧食任務

一艘從鮑麥斯特伯爵領地出發的小型魔導飛行船，正在朝西方前進。

魔族厄尼斯特之前帶人從地下遺跡發掘出來的這艘船，在獲得王家給予的使用許可後，這次是歸屬於鮑麥斯特伯爵家諸侯軍。

在西方海域的泰拉哈雷斯群島突然出現了魔國的空中艦隊，讓治理當地的霍爾米亞藩侯家進入備戰狀態。

所以我們才要前往當地救援。

不過，魔族正努力在泰拉哈雷斯群島建立臨時據點，幾乎沒有帶陸軍士兵過來。

王國軍的高層認為魔族現在不太可能直接攻打霍爾米亞藩侯領地，我們和王國這次也沒有派出陸軍士兵。

這次的主力是魔法師和空軍。

派出軍隊時，接收軍隊的那一方也要做許多準備。

雖然援軍有義務承擔必要費用，但大批士兵在西部徵調糧食會造成價格上漲，要準備足夠的分量也不容易。

即使沒有這些問題，西部諸侯現在也收到了動員命令。

必須以提供他們補給為最優先。

西部是王國的糧倉地區，但扣掉輸出到王國各地和自己需要的物資後，霍爾米亞藩侯家也沒剩下多少餘力。

因此，大家都很有默契，知道要盡可能控制步兵的數量。

既然是貴族，就應該要懂得察言觀色。

「嗯——真不得了，居然能把魔導飛行船搞得像托兒所一樣。」

「畢竟鮑麥斯特伯爵家動員的女魔法師們都有小孩啊。」

這艘船經過布雷希柏格時，也順便讓導師和布蘭塔克先生上船。

兩人看見船內變得像托兒所一樣後，都非常驚訝。

雖然也許有人會覺得怎麼帶孩子去可能變成戰場的地方……但這種事並非沒有先例。

在過去的戰亂時期，也有女魔法師帶著孩子固守陣地。

「這樣補給物資時，會需要尿布和嬰兒用品吧。」

「這些我們都有帶。」

不僅如此，為了照顧我的孩子，我還把包含多米妮克在內的女僕們帶來了，她們會負責準備需要的物資。

「你不在霍爾米亞藩侯領地的中心都市霍爾米亞蘭德買嗎？」

「我們不會經過那裡……」
艾德格軍務卿事先聯絡我們，要我們直接前往離泰拉哈雷斯群島最近的海軍基地，也就是位於霍爾米亞藩侯領地西部的港口城市賽利烏斯。
「哎呀，因為在這種時候，如果伯爵大人不大手筆地買東西一定會被人說閒話，所以我只是稍微提醒你一下。」
大部分的貴族平常都比一般人想的還要小氣，但在造訪其他貴族的領地時，花錢都非常豪邁。最主要的理由是為了面子，再來就是在拜訪的貴族領地內消費。
布蘭塔克先生是怕我忽略了這件事。
「反正之後還是會在賽利烏斯花錢。而且，現在是準戰時狀態！等事情結束後再來處理那些大人的應酬吧！」
導師說的沒錯，王國目前正處於「準戰時」狀態。
之所以尚未正式進入戰時狀態，是因為還沒釐清魔族艦隊的目的。雖然他們占領了泰拉哈雷斯群島，但那裡原本就是無人島，領民們也沒直接受到傷害，所以不需要急著展開反擊。
然而，我們也不曉得魔族何時會攻過來，所以必須做好迎擊的準備。
視情況而定，王國或許會命令我們奪回泰拉哈雷斯群島。
如果事情變成那樣，就必須從王國各地徵召步兵，支出龐大的經費。
所以，這次才會調度魔導飛行船和魔法師，先派遣少數精英去支援霍爾米亞藩侯領地。

「等抵達賽利烏斯，就要麻煩布蘭塔克先生和導師帶路了吧。」

我之前就聽說過兩人還在當冒險者時，曾在西部待過一段時間。

他們應該也有去過賽利烏斯，所以能請他們幫忙帶路。

「放心交給在下吧！」

「這倒是無所謂，但出身西部的艾爾文應該也能幫忙帶路吧。」

布蘭塔克先生建議我們也讓出身西部的艾爾幫忙帶路。

「布蘭塔克先生，我在來布雷希柏格前，都只在故鄉周邊的那一帶活動，所以沒辦法帶路。無論是賽利烏斯或霍爾米亞蘭德，我都沒去過。」

「是這樣嗎？」

「我無法用魔法，所以能去的地方有限。」

艾爾是貧窮騎士爵家出身，所以應該沒什麼旅行經驗吧。

他都待在故鄉，也就是阿尼姆騎士爵領地附近，平常頂多只會出門野餐吧。

「艾爾，阿尼姆騎士爵領地在哪裡啊？」

「在比西部地區更靠西的地方。周圍都是山，是非常偏僻的鄉下。」

在伊娜的詢問下，艾爾開始介紹自己的故鄉。

阿尼姆騎士爵領地四周環山，是典型的偏僻領地，但那裡只要走一天的山路就能到大城市，所以還是比鮑麥斯特騎士領地好多了。

「艾爾，你的家人們現在也在賽利烏斯嗎？」

「誰知道。他們是霍爾米亞藩侯的附庸的附庸，所以應該也有被徵召，但我不曉得他們被派去哪裡。」

既然領地的西部地區有可能被魔族攻擊，那艾爾的老家應該也有出兵。

霍爾米亞藩侯一定也有請他們派人支援。

然而，如果讓那種缺乏訓練的小規模軍隊加入防衛軍，可能反而會讓狀況變得更加不利。

缺乏訓練的諸侯軍，只會扯其他精英部隊的後腿。

我不清楚霍爾米亞藩侯家諸侯軍的實力如何，但再怎麼說也是只有三家的藩侯家的軍隊。

那些人的素質不可能比阿尼姆騎士爵家諸侯軍差。

「如果隨便讓缺乏訓練的人員加入，可能會拖累整支軍隊。所以他們應該被派去某個地方巡邏了吧。」

在帝國內亂時，我們也曾多次目睹類似的狀況。

軍隊並不是只要人多就好。

所以那些缺乏訓練的人，通常會被派去巡邏補給路線，或是擔任運輸部隊的護衛。

畢竟是藩侯大人的命令。

艾爾的家人們就算不情願也無法有怨言，所以他們很可能真的如艾爾所說，正被迫在某個地方幫忙。

「不管哪裡的日子都不好過呢。」

「我家大概只比威爾的老家好一點。在家境方面，應該跟伊娜和露易絲的老家差不多吧。」

貧窮騎士的經濟實力，甚至還不如大貴族的陪臣。

雖然貴族之間名義上並不存在主從關係，但艾爾的父親實際上應該無法忤逆霍爾米亞藩侯。

「對小貴族來說，那樣的安排或許反而還比較好。」

「或許吧，但無論身分地位多低，貴族表面上還是要裝出想去前線的樣子吧。」

只要一遇到戰爭，就會想去前線戰鬥。

雖然史書或故事裡的貴族總是帥氣地戰鬥，但如果當家因此戰死，就會產生許多麻煩的繼承問題，他們底下的軍隊大部分都是領民，所以只要出現犧牲就會讓領地的生產力下降。

所以可以的話，他們其實也想待在後方吧。

「不管怎樣，我都不想和我爸或其他哥哥們見面。他們一定會給威爾添麻煩。」

他們從以前就是一群想透過艾爾的關係成為鮑麥斯特伯爵家重臣的人。

站在艾爾的立場，他應該是擔心如果在這裡和他們見面，他們會說些多餘的話吧。

「好像到了。」

船外已經能看見大型港口城市賽利烏斯。

城市的部分看起來跟平常一樣和平，但港口已經進入備戰狀態，那裡停了許多霍爾米亞藩侯家諸侯軍和王國海軍的艦艇。

「海軍啊……」

沒錯，因為魔導飛行船的存在，這個世界的海運並不發達。

雖然主要是因為魔導飛行船太好用了，但這個世界的洋流和地形等因素也增加了建設港口的難度，再加上海裡還有海龍。

就結果而言，大部分的船隻都朝小型化發展，就連海軍也是如此。

雖然能夠進行遠洋航海的大型船不太可能被海龍襲擊，但很少有港口能容納這種船，所以無論是用在漁業或海運上都不方便，難以符合成本效益。大型船比較適合載人往來不同大陸，但既然不曉得除了琳蓋亞大陸以外還有沒有其他大陸，大型船終究還是無用武之地。

中型船在遠洋會被海龍攻擊，在近海又不如小型船方便。儘管載運量比小型船大，但這方面還是比不上能以最短距離在大陸上空移動的魔導飛行船。

除了漁業以外，這個世界的船頂多只能用來填補魔導飛行船的不足吧。

許多擁有港口的領主都有自己的海軍，用以取締走私和對付海盜。

……不過，他們要取締的組織本身的規模和使用的船隻也很小，所以不需要太強的戰力。

雖然聽說霍爾米亞藩侯家的海軍規模在王國內算數一數二的大，但他們的船隻大小和數量也符合前述的狀況。

就連王國軍也只有在部分直轄地區駐紮海軍，其規模也與霍爾米亞藩侯家不相上下。

因為通常是以整備空軍為優先，所以海軍在軍隊中也算是不起眼的存在。

「反正敵人也會是空中艦隊，海軍應該派不上用場。」

這個世界沒有像大砲那樣方便的武器，無法應付飛在空中的敵人。

面對能從上空單方面展開攻擊的對手，海軍的船反而可能會被擊沉。

雖然瑞穗公爵領地開發出魔砲的消息已經傳開，但還是無法立刻量產那種武器裝在船上。瑞穗公爵也不可能將技術提供給王國，就連帝國都還停留在只能勉強做出試做品的階段。

「先去跟霍爾米亞藩侯打個招呼吧……」

讓船在指定地點降落後，我留下護衛保護嬰兒和女僕們，帶著其他人前往臨時大本營。

「鮑麥斯特伯爵大人，感謝你的支援。」

霍爾米亞藩侯今年三十八歲。

根據從艾莉絲那裡聽來的情報，他是在前霍爾米亞藩侯於幾年前病逝後，才繼承其爵位和領地。

他作為領主的能力普普通通，既非值得一提的賢明領主，亦非昏庸之人。

「情況變得很嚴重呢。」

「明明帝國的內亂才剛結束不久。不過……」

根據最新情報，那支神祕艦隊——雖然幾乎可以確定是魔族的艦隊——正悠閒地在泰拉哈雷斯群島建設基地，看起來沒有要移動的意思。

「這是靠海軍偵察的結果嗎？」

「雖然只有派出小型船，但還是足以勝任偵察的工作。再加上對方不知為何完全沒來妨礙，所以偵察起來並不困難……這點也讓人感到非常詭異。」

「完全看不出來對方的目的呢。」

「就是這點令人困擾，但現在也只能先讓人警戒和待命。只是這樣就夠讓我忙了……」

除了霍爾米亞藩侯家諸侯軍以外，其他貴族的諸侯軍和王國軍也陸續聚集。

就算按兵不動也會消耗大量物資，這些都必須由霍爾米亞藩侯來安排。

雖然費用是由王國和派出援軍的貴族們負擔，但前提還是要有物資才能購買。

霍爾米亞藩侯最重要的工作，就是確保這些物資能夠順利運送。

「還有些家臣激動地主張要『發動總攻擊搶回泰拉哈雷斯群島』……明明什麼事都還沒發生，我卻已經覺得很累了……」

「唉……」

「即使順利搶回領土，那裡也只是空無一物的無人島。與魔族為敵必定會造成嚴重死傷，而支出龐大的經費也會造成虧損，所以除非王國政府下令，否則我們也無法主動出擊。」

「話雖如此，一直這樣下去也會讓人很困擾吧。」

如果自己的領地持續被人占領，會影響貴族的聲譽。

霍爾米亞藩侯明顯希望魔族能夠自行撤退。

身為霍爾米亞藩侯，即使心裡覺得就算想把領土搶回來也不可能打得贏魔族，他也不能說出真心話，而王國政府也沒愚蠢到為了這件事責備他。

畢竟如果霍爾米亞藩侯表示「我願意讓泰拉哈雷斯群島歸屬於王國，請王國軍幫忙奪回那裡」，那王國政府也會很困擾。

「目前只能繼續觀察狀況，但光是觀察狀況就要一直花錢。為什麼會發生這樣的事情……」

面對霍爾米亞藩侯的抱怨，我也只能跟著附和。

在跟霍爾米亞藩侯見過面並打完招呼後，我離開大本營回到飛行船上。

我是帶著小孩一起來，船內的設備和用品也足以應付日常生活所需。

所以我可以直接待在這裡，不需要去住旅館。

「這裡實質上就是鮑麥斯特伯爵家諸侯軍的大本營呢。」

「姑且不論成員素質，人數還挺少的呢。」

我帶來的魔法師就只有我的妻子們，再來就是一些充當護衛的士兵。

雖然布蘭塔克先生和導師也在，但他們算是布雷希洛德藩侯和王家派來的援軍。

「現在有什麼事可以做嗎？」

「嗯——應該沒有吧。要等到有事情發生才會輪到我們出場。」

露易絲代替我回答伊娜的問題。

如果我們擅自行動會搶走其他將士的工作，這樣也不太好。

我絕對不是怕引人注目後，會被指派為進攻泰拉哈雷斯群島的先鋒部隊。
我只是期待王國政府採取的解決方法，能夠將傷亡壓抑在最低限度。
「那我們去買東西吧。」
「卡特琳娜，妳這個提議不錯。大家一起買東西吧。」
我們將小孩子交給多米妮克等人照顧，去賽利烏斯逛街。
雖然現在是準戰時狀態，但並沒有發生戰鬥。
因為有許多從外地來的軍人需要購買物資和用餐，街上看起來相當熱鬧。
畢竟總不能什麼東西都自己運到當地，而且這樣就必須連補給部隊也一起帶來。
所以，還是直接帶錢來賽利烏斯買比較方便。
即使準戰時狀態的物價會比較高，但還是比讓補給部隊運送便宜。
只能說賽利烏斯的商人們都很會抓準商機。
「諷刺的是，他們反而藉此發了一筆戰爭財。」
「是這樣嗎？即使稅收稍微增加，霍爾米亞藩侯應該還是會嚴重虧損吧……」
導師和布蘭塔克先生吃著像烤魷魚的串燒——應該就是魷魚吧——參觀城裡的狀況。
外地人增加，做生意的人也有錢賺，狀況似乎還不錯。
在這裡可以看到王國軍、其他西部貴族、諸侯軍，以及和我們一樣前來支援的魔法師。
他們就算不戰鬥也一樣要吃飯，有些人數較少的團體也會投宿旅館。

賽利烏斯的經濟正因為戰爭而變得繁榮。

「嗯？這不是鮑麥斯特伯爵大人嗎？」

「是菲利浦大人啊。克里斯多夫大人也在。你們怎麼來了？」

「我們是來支援的。」

我們在街上與曾在帝國內亂中並肩作戰過的菲利浦和克里斯多夫重逢。

他們帶著幾十名王國軍的將校，看起來跟我們一樣剛和霍爾米亞藩侯打完招呼準備回去。

「好久不見。不過，我聽說王國軍只有派出空軍。」

「艾莉絲大人，大致上是那樣沒錯。」

我們正好需要情報，於是便邀請他們一起喝茶。

菲利浦和克里斯多夫指示同伴們回陣地，只留下幾名護衛和我們一起前往街上的餐廳。我們在那裡包下一間包廂，一起吃著甜點聊天。

「雖然大部分的援軍都是空軍，但還是有讓一些陸軍士兵跟著上船。」

「如果之後要登陸泰拉哈雷斯群島搶回那裡，就還是會需要步兵。」

不過，如果派太多士兵到霍爾米亞藩侯領地，會很難進行補給。

於是，曾經歷過帝國內亂的王國軍倖存者，以及他們的指揮官菲利浦和克里斯多夫就被選上了。

這些人都是能夠應付各種意外狀況的少數精英。

「雖然有種被塞了苦差事的感覺，但我被任命為將軍，爵位也晉升了……」

「我也被任命為軍政官，雖然性命最重要，但還是得努力工作。」

雖然兩人的評價曾因為布洛瓦藩侯家的繼承紛爭一落千丈，但他們後來率領軍隊，在帝國內亂中表現得非常出色。

他們不適合當領地貴族，但在軍隊派系中仍是少數曾立下戰功又有實戰經驗的名譽貴族，所以受到優待。

「艾德格軍務卿真有先見之明。」

「艾爾文，雖然我覺得你說的沒錯，而且艾德格軍務卿也很照顧我，但他也因為收留我們而贏得了名聲。」

「我們也因為被看好而被派來這裡。」

唉，這方面只能說「貴族本來就要互相扶持」了。

聽說菲利浦後來成為名譽子爵，克里斯多夫也當上名譽男爵，兩人都從家裡獨立，一同成為艾德格軍務卿的附庸。

「雖然從外表上看不太出來，但那個人有好好在當個貴族呢。」

「他常因為外表而被誤認為頭腦簡單，並藉此騙倒了不少貴族呢。」

根據克里斯多夫的說法，艾德格軍務卿似乎是個貨真價實的大貴族。

我曾經歷過薇爾瑪的那件事，所以這點我早就知道了。

「那麼，王國目前的方針是什麼？」

艾莉絲將話題拉回原本的正題。

「大家的意見陷入分歧。」

有貴族主張既然魔族已經占領泰拉哈雷斯群島建立基地，應該將此事視為戰爭。

但泰拉哈雷斯群島原本就無人居住，對方也並未入侵大陸本土。再加上我們已經在準備進行防衛，所以也有貴族主張應該先跟對方談判比較實際。

克里斯多夫表示眾人的意見分為兩派，會議到現在都還沒有結論。

「陛下還沒做出決斷嗎？」

「畢竟現在能用來判斷的依據還太少。」

魔族的意圖實在太令人難以捉摸了。

「明明按照常理，一開始應該先派外交使節過來，他們卻突然占領了泰拉哈雷斯群島。然而，根據之前偵察獲得的情報，魔族的士兵人數也不多……」

雖然艦隊人數不明，但在泰拉哈雷斯群島建設基地的人員似乎不到一千人。

「儘管魔族這個種族的人數原本就不多，但他們的技術水準應該遙遙領先我們。然而，他們不知為何正慢吞吞地進行作業，不曉得到底是想做什麼？」

「嗯————」

「我們也需要時間準備迎擊，所以暫時只能先待命。」

魔族勢力正悠哉地在泰拉哈雷斯群島建設基地，霍爾米亞藩侯則是正在準備迎擊，現在雙方都無法派出外交團或外交使節。

這麼一來，我們也沒辦法出手。

因為我完全沒有這方面的權限。

「回程順便買個伴手禮，然後就回去吧……」

「還是先別買伴手禮比較好。這件事感覺還會拖很久。」

伊娜說出像老媽子會說的話，於是我們回程沒有買伴手禮，而是買了些能當食材的魚。

我原本是日本人，所以來港口城市怎麼可以不買魚呢。

然而……

「貴族大人，賽利烏斯是港口城市，特產也是漁貨沒錯，但最近大型漁船都被派去偵察泰拉哈雷斯群島，小型漁船捕到的魚也因為最近多了許多軍人，都被軍隊搶購一空了。我們是只要東西能賣出去就好啦。」

「你說什麼──！」

「伯爵大人，有必要這麼生氣嗎？」

「布蘭塔克先生，到外地旅行時，會很希望能吃到當地名產吧？」

「雖然吃不到會覺得遺憾，但有必要這麼生氣嗎？」

我們直接去漁港進貨時，發現那裡的商品幾乎都賣光了。

聽魚店的大叔說明原因後，我對買不到當地漁貨這件事感到十分憤怒。

「艾爾文，你也來說說伯爵大人。」

覺得這件事沒什麼大不了的布蘭塔克先生，期待艾爾能幫忙緩頰，但他這次是站在我這邊。

「遙小姐都說要替我做魚乾了……明明用新鮮生魚曬的魚乾比較好吃……」

「艾爾先生，用這些不新鮮的魚，是曬不出美味的魚乾的。」

艾爾自從娶了遙這位瑞穗人為妻，他的胃就徹底被她征服了。

「說得也是。不管是做哪種魚乾，都要用新鮮的魚做才會好吃……」

「不愧是主公大人，您真內行呢。」

雖然遙像這樣稱讚我，但這是因為我的內在曾經是日本人。

來到海邊卻買不到新鮮的魚，這也太沒道理了。

就跟戰爭一樣沒道理。

「嗚嗚……導師也說點什麼吧。」

「旅行最大的樂趣，就是當地特有的食材和料理！來賽利烏斯卻吃不到魚，未免太過分了！」

導師也是會在旅行時享用當地料理的人。

他跟我一樣對買不到鮮魚這件事感到震怒。

「我有的是錢！我要買新鮮的魚！」

「新鮮的魚數量原本就不多，而且我們有跟霍爾米亞藩侯諸侯軍簽約，只能賣給他們……」

不新鮮的魚可能會吃壞肚子，所以通常都會先約好定期購買。

「這是領主大人的要求，而且他也沒跟我們殺價，所以我們真的沒魚能賣給各位貴族大人。」

「怎麼會這樣……」

「親愛的，要去找其他間店嗎？」

「夫人，賽利烏斯的魚店全都是相同的狀況。」

不只是霍爾米亞藩侯家，其他動員諸侯軍的貴族們也都跟店家約好要定期購入食材，我們這些比較晚來的人根本買不到新鮮的魚。

這個現實讓我大受打擊。

「威爾，你沒事吧？」

「真的一隻都沒辦法賣給我們嗎？」

知道我對食物有多執著的伊娜溫柔地安慰我，露易絲則是再次跟魚店老闆確認鮮魚的存貨。

「就連我們現在都沒魚可吃啊。」

軍隊的食量真是可怕。

雖然知道最近漁獲量減少，但沒想到賽利烏斯的魚會被搶購一空。

「居然吃不到魚……該不會比起沒實際見過的魔族，霍爾米亞藩侯家諸侯軍才是我真正的敵人。」

「威德林先生，身為王國貴族，這樣想感覺不太妥當……」

卡特琳娜立刻對我的危險思想進行規勸。

「我能理解老公的心情。我曾經以冒險者的身分去過許多地方，享用當地的食材和料理也是我的興趣之一。」

「卡琪雅也這麼覺得吧？」

「雖然偶爾會吃到很誇張的地方料理，但聽說賽利烏斯的魚算好吃呢。」

「是啊。儘管跟從北方進口的漁貨相比還是略遜一籌，但聽說品質還不錯。」

身為前菲利浦公爵的泰蕾絲，果然還是覺得自己故鄉的魚最好吃。

不過，她還是知道全王國最好吃的魚就在賽利烏斯。

「那個，威爾大人。」

「薇爾瑪，怎麼了嗎？」

「為什麼不自己抓呢？」

「呃——大概是因為要考慮到漁業權之類的吧？」

薇爾瑪主張「既然買不到魚，那就自己抓吧」。

這麼說來，我也是跟她一起在魔之森南方的海岸捕魚後，才開始變得要好。

不過，海邊的漁夫都很在意漁業權。

如果擅自撈捕不只會惹怒他們，偷捕魚的人在某些地方甚至會直接被變成魚飼料。

現在只剩下小型船能用，在海上還可能會被海龍襲擊。

所以想自己捕魚並不是件容易的事情。

「漁業權的部分，只要僱用一些具備會員身分的漁夫就不會有事。」

魚店老闆表示可以支付他們日薪，跟他們一起出海捕魚。

看來這裡的規則比想像中鬆散。

「現在會有漁夫有空嗎？」

「是的，因為被派去泰拉哈雷斯群島偵察的船無法捕魚，所以現在有出海的漁夫比較少，小型漁船能載的漁夫也有限。」

因為不捕魚就無法生活，所以不管船主是誰，大家現在都是輪流搭乘為數不多的小型漁船。但收入還是難免會減少，應該很多人會想要打工吧。

「不過，即使有多的漁夫，也沒有多的漁船吧？」

莉莎長年以冒險者的身分活躍，與其說歷練與她的年齡相符，不如說是社會經驗很豐富。她立刻指出魚店老闆話裡的矛盾。

「這位年輕的夫人果然聰明。不過，只要搭船到離海邊一公里遠的地方就能捕到魚。如果只是給貴族的一家人吃，那用釣的就能釣到足夠的魚，只要不遠離海邊十公里以上，通常也不會遇到海龍。」

「原來如此，需要船啊。」

這樣事情就簡單了。

我立刻準備捕魚需要的船。

＊　＊　＊

「威爾，你這艘船是怎麼來的？」

「從魔法袋裡拿出來的。」

「這我剛才有看到……這艘船看起來要價不菲呢。」

「只是碰巧得到的。」

既然買不到魚，那就自己抓。

我贊成薇爾瑪的意見，在停靠自家魔導飛行船的碼頭附近拿出另一艘船。

那艘船長約三十公尺，外形和地球的遊艇很像。

我在魔之森的地下遺跡發現這艘船時，說明書上記載這是有錢人買來休閒用的魔導遊行船。

這艘船的特徵，就是螺旋槳是利用儲存在魔晶石裡的魔力推動。

在王國軍或諸侯軍的海軍中，只有一部分大型艦艇是使用這種動力裝置，以目前的技術水平，還無法將這種裝置用在像這艘船這樣的小型船上。

我將幾艘這種船賣給魔法道具公會進行研究，但新的魔導動力技術還來不及運用在這次的行動裡。

目前大部分的中小型船，都還是靠船帆和船員划槳來移動。

不過，如果要組織船團，就不能只有大型船跑得快，必須讓小型的魔導動力裝置也跟著普及才能提升戰力。

「自己專用的船啊……我父親只有用來在河裡捕魚的小船。」

亞美莉大嫂以前居住的邁巴赫領地沒有靠海，領地內只有小河。

那裡只有領主有船，而領主引以為傲的唯一一艘船，也只是用圓木加工而成的小船。

「亞美莉大嫂，鮑麥斯特家以前連小船都沒有。」

「說得也是。不過，直接拿新船出來用沒關係嗎？」

「嗯，當然要先試開一下。」

畢竟還是一樣需要有人駕駛船，我剛才先讓無法出海捕魚的閒暇漁夫們試開了一下練習。

除了是自動船以外，其他部分跟駕駛一般的船隻應該沒什麼差別。

「不用操作船帆，沒風的時候也不需要划槳，真是太輕鬆了。」

「我都希望您能賣給我了。」

漁夫們練習了約一個小時後，已經能夠熟練地駕駛魔導遊艇。

該說真不愧是專家嗎？

我沒有與船相關的執照。

所以我也不太懂船。

「要開這艘船去捕魚嗎？」

「嗯。」

這艘船並非漁船，所以倉儲空間不大，也無法使用漁網，但還是可以用來釣魚。

而且只要釣的魚夠自家人吃就好，於是我們立即出海。

「亞美莉大嫂不一起來嗎？」

「我很容易暈船。我會照顧孩子們。魚的事情就拜託你們了。」

「我知道了。」

我立刻準備釣魚道具和需要的物資，帶著平常的那些成員前往海上釣魚。

「在這時候做這種事真的好嗎？」

話雖如此，等抵達漁夫們推薦的釣魚地點時，布蘭塔克先生就立刻替自己的釣竿安裝魚餌開始釣魚。

「布蘭塔克先生，你的動作也太熟練了吧。」

「我以前當冒險者時，有時候也必須從河川或海裡取得食材，所以偶爾會釣魚。不過，這組釣具的品質真不錯呢。」

這些也是在魔之森的地下遺跡裡找到的發掘品。

這個世界也有卷線器，但構造非常原始，釣線也很容易纏住。

在這方面，從遺跡發掘出來的釣具品質幾乎跟日本的差不多。

就算是初學者或女性也能輕鬆使用。

「艾爾也要認真釣喔。」

「我是會釣啦，但我也跟布蘭塔克先生一樣，覺得這樣好像不太恰當。」

「不，你這樣講就錯了。我們有好好在執行軍事行動。」

難得來這裡支援，結果霍爾米亞藩侯家和其他諸侯軍與王國軍都沒空理我們。

除了下達「在情況出現變化前，請原地待命」的命令以外，根本沒有人管我們。

我們明明是來支援的，結果貴族的私人部隊卻在城裡鬧事，導致必須花費更多人手去處理，要統率由眾多勢力組合起來的軍隊真的很不容易。

不過，我以前就看過泰蕾絲和彼得為這些事吃盡苦頭了。

在這種時候，基本上不會特別費力氣去管理我們這種不會鬧事的人。

只是如果什麼事都不做也不太好，所以我們才自行出來進行偵察和徵調糧食。

「徵調糧食與偵察啊……」

「當然這只是藉口！」

「唔哇！導師話也講得太白了！」

在離港口只有一公里的海面上，根本就沒什麼好偵察的。

泰拉哈雷斯群島位於遙遠的西方，離這裡有一百公里以上，就算用魔法也無法確認魔族的狀況。

我們姑且找了一個「因為海軍都被派去應付魔族，所以改由我們來處理海龍」的名義，但海龍根本不會出現在人多的港口附近。

至於徵調糧食的部分，這裡根本就不缺糧食。

西部是王國最大的糧倉地區。

加上本地的居民最近也開始發展畜牧業，所以穀物和肉品都不缺。

我只是對吃不到魚這件事感到不滿而已。

「反正暫時也無事可做，我們還是邊照顧孩子邊適度放鬆，替突發狀況做準備比較好。」

「你看，艾莉絲也這麼說。」

不愧是我的妻子，說得真是太好了。

「聽說剛釣起來的鮮魚特別美味，大家加油吧。」

「夫人說的沒錯。釣到的魚比用漁網抓到的魚還要好吃。」

正在駕駛船隻的漁夫也贊同艾莉絲的說法。

「因為用網子抓到的魚會在漁網裡亂動，導致魚身受損。親手釣起來的魚也確實能賣到比較高的價錢。好了，該放下魚鉤了。」

於是，我們各自安裝魚餌，將魚鉤扔進海裡。

我們用的都是附捲線器的釣竿，至於充當魚餌的魚肉和烏賊碎塊，則是漁夫們幫忙準備的。

「好像有東西上鉤了！」

第一個釣到魚的人是伊娜。

她按照漁夫的指示捲線，最後讓漁夫用撈網幫忙把魚撈起來。

「是赤鯛呢。不管是做成生魚片或鹽烤都很美味。」

畢竟外表看起來跟真鯛一樣，所以應該真的很好吃吧。

「立刻來殺魚吧。」

「貴族大人真的很懂魚呢。交給我吧。」

漁夫切除赤鯛的魚鰓和尾巴，然後用冰冷的海水放血。

「威爾，不是讓魚活著會比較好吃嗎？」

「那是誤解。」

賽利烏斯也有專門服務觀光客和富裕階層的餐廳，他們會先把活魚放在魚缸裡，等客人上門後再料理。

雖然這種以能吃到鮮魚為理由抬高價格的手法非常受歡迎，但待過食品公司的我知道這只是一種幻想。

「那些魚沒東西吃又被困在狹窄的魚缸裡，只是勉強活著而已。那跟替河魚去除土味不同，味道一定會變差。只是因為看起來還活著，才讓人產生新鮮又美味的錯覺。」

一抓到就立刻殺掉放血，儘快去除內臟和魚鰓。

然後就只剩下降溫和放進魔法袋裡了。

「貴族大人連殺魚的方法都很了解呢。為了做生意，我們平常還是會把魚放進魚缸裡維持生命。

或許是因為貝類、蝦子和螃蟹都必須活著賣，才讓大家以為海鮮的處理方式都一樣吧。」

「呵，交給我吧。」

「威爾真的只有對食物很了解呢。」

「總覺得妳這種說法讓人很在意。」

「因為你都記不住貴族的名字，只能依靠艾莉絲幫忙。」

伊娜指出的事實，讓我忍不住皺起眉頭。

對我這個前日本人來說，這個世界的貴族姓名真的是麻煩又難記。

我從以前就不擅長記住別人的名字。

「比起這個，我們還是多釣幾條魚吧！」

如果是真的很重要的貴族，我自然會記住對方的名字。

如果記不住，就代表我不需要那個貴族。

我決定這麼想，然後繼續跟大家一起釣魚。

「親愛的，我釣到了。」

「是扁魚呢。」

艾莉絲釣到了一隻大比目魚。

順帶一提，本地人似乎都把比目魚稱作扁魚。

跟菲利浦公爵領地和王都使用的稱呼不同。

「我釣到的這隻很大呢。」

「是條大藍鮒呢。這種魚也很適合鹽烤。」

露易絲用力轉動捲線器，釣起了一隻長得像青鮒的大魚。

從外表還是一樣看不出來她的力氣居然這麼大。

「釣到了。」

「薇爾瑪釣到的魚也很大呢。」

「是尾巴魚啊。這可是高級魚呢。」

薇爾瑪釣到一隻長得像牛尾魚、長度將近一公尺的大魚後也很開心。

不過，大家釣到的魚都很不錯呢。

「威德林先生都釣不到魚呢。」

「那卡特琳娜妳有釣到嗎？」

「只看數量的話是還不少。」

在另一側釣魚的卡特琳娜，接連釣到一種約四十公分長，長得像鯖魚的魚。

「釣到好多魚啊！」

「多到讓人覺得很有趣呢。」

卡琪雅和泰蕾絲的釣竿也一直有魚上鉤。

「這是鯖魚呢。做成味噌燉魚或醋漬鯖魚吧。」

「夫人，這種魚在賽利烏斯叫花青魚。」

負責協助我們的漁夫，似乎非常堅持使用本地特有的魚名。

從他不肯妥協的態度來看，或許他意外地熱愛自己的家鄉。

「只要釣得到魚，就會覺得很有趣呢。」

艾爾和遙這對夫妻也一起釣魚，並釣到了許多大鯖魚。

遙說要把這些魚做成味噌燉魚，晚點也請她分我一點吧。

「這種魚如果夠新鮮，也能做成生魚片喔。」

說著說著，漁夫將鯖魚的頭折斷放血，迅速去掉內臟和魚鰓。

「如果把魚的胃咬破可能會吃到寄生蟲，但只要立刻去掉內臟就不會有問題。魚鰓也要早點去除，不然會影響新鮮度。」

這些都能夠利用冰冷的海水迅速處理。

鯖魚是適合庶民食用的便宜魚種，如果是用漁網捕捉到，就不會特地用這種方式處理。

店裡賣的鯖魚，基本上都是煮熟後的料理。

順帶一提，這些冰冷的海水是由外號「暴風雪莉莎」的莉莎負責提供。

以她的本事，能夠輕鬆製造出大量冰冷的海水。

「真羨慕魔法師能一口氣製造出這麼多冰冷的海水。」

「我們平常都是用普通的海水，所以要跟時間賽跑呢。」

魔法袋對漁夫們來說，是很難取得的道具。
為了避免剛抓到的魚變得不新鮮，他們經常要與時間賽跑。
「即使想把魚保持在活著的狀態帶回去，船上能容納的空間也有限，而且最後通常有一半以上的魚會死掉。」
「是因為會影響新鮮度嗎？」
「是的，夫人。為了供貨給王都的王公貴人們，商人們會在港口等我們回來。」
有些商人會在漁船回港後立刻趕過去，將處理過的魚放進魔法袋運往王都。
而我們剛獲得了比他們賣的魚還要新鮮的魚。
「雖然魔法袋能夠防止魚肉腐敗，但如果廚師拿出來後花了太多時間料理，魚還是會不新鮮。所以就像貴族大人剛才說的那樣，最好是先把魚處理好再放進魔法袋裡。」
反正活魚無法放進魔法袋，所以不管怎樣都要先殺掉。
「喔——是這樣啊。雖然伯爵大人很懂魚，但都釣不到魚呢。」
此時，布蘭塔克先生戳到了我的痛處。
大家接連釣到魚，交給漁夫們處理後收進魔法袋，但不知為何只有我一直釣不到魚。
「布蘭塔克先生，你自己的狀況又是如何？」
「我嗎？我有釣到喔。」
「魔法師大人釣到了很多竺夾魚。這種魚很適合做成生魚片和鹽烤，或是剖開來曬成魚乾。」

「也很適合拿來下酒呢。多釣幾隻好了。」

一開始還不太贊成來釣魚的布蘭塔克先生，接連釣起了長得像竹莢魚的魚，漁夫們立刻過來幫忙處理。

在我看來，那就是竹莢魚吧，連本地使用的魚名也很像。

不過因為魚鰭的外形和地球的竹莢魚微妙地有點不太一樣，所以我也無法百分之百確定，真是惱人。

「不妙……」

從大家的收穫來看，這裡應該是個有很多魚的釣點。

然而，卻只有我連一條魚都沒釣到。

「這樣下去，或許會有損我鮑麥斯特伯爵的名聲。」

「威爾，比起釣魚，你還是多在意其他對貴族的名聲影響更大的事情比較好。」

艾爾講話非常失禮，但我覺得大家在釣魚方面應該都是外行人。然而，現在卻只有我一個人還沒釣到魚，這樣果然還是有點沒面子。

這部分跟這個世界的貴族常識一點關係也沒有。

「又釣到了。」

「大家今天都大豐收呢。」

「雖然有一個人連一條魚都沒釣到。」

雖然是事實，露易絲毫不留情的一句話狠狠刺痛了我的心。

「不對，等一下。對了！還有導師在啊！」

一想到還有一個同伴跟我一樣釣不到魚，就讓我鬆了口氣。

雖然這樣想很糟糕，但這對現在的我來說是個好消息。

「上鉤了！」

「什麼！」

然而，我的安心感只維持了幾秒鐘。

「快把魚放掉！」

「威爾，你啊……」

「我不想當吊車尾！」

就算會被艾爾瞧不起，我也不想一個人釣不到魚。

「釣到了！」

導師釣起一條非常巨大的魚，但漁夫一看見那條魚就搖頭。

「大貴族大人，那種魚的肉和內臟都有毒，所以不能吃。」

漁夫立刻將用撈網撈起來的魚放回海裡。

「你確定絕對不能吃嗎？」

「呃，那種魚真的有毒……就算只吃一點點也會死人……」

導師散發的魄力實在太強，連強壯的漁夫都回答得畏畏縮縮。

「導師，還是相信專家吧。再釣不就好了。」

「真沒辦法。」

布蘭塔克先生開口緩頰後，導師再次將魚鉤放進海裡。

接著，他馬上就釣到下一條魚。

「這都是因為在下平常做了很多善事！」

「（導師為何對自己平常的行為那麼有自信？）」

我聽見艾爾狠狠吐槽導師，但我也不曉得導師的那份自信是從何而來。

硬要說的話，大概就是「因為他是導師」吧。

「這條魚也很大！」

「大貴族大人，這條魚也不行。」

「是有毒的魚嗎？」

「不，雖然沒有毒，但非常難吃。連貓都不會想吃……」

那種魚似乎通稱「貓不理魚」，即使掉在路上也不會有人看一眼。

「不過，或許還是能吃！」

導師解完魚鉤後，直接啃了一口貓不理魚。

既然是導師，生吃新鮮的魚應該不會吃壞肚子吧。

話說現在連艾莉絲都不會替他擔心了。
與其說是擔心也沒用，不如說是已經習慣了。
「導師，好吃嗎？」
「難吃！」
連不管什麼東西都能吃得津津有味的導師，都無法接受這種貓不理魚。
他全力將上面還有咬痕的貓不理魚丟到遠方。
「舅舅，請別做無謂的殺生……」
就算很難吃，隨便殺魚還是不太好。
艾莉絲基於宗教上的理由對導師提出忠告。
「夫人，貓不理魚沒這麼容易死啦。就算釣起來後，放在沒水的地方幾個小時也不會死。」
雖然那種魚擁有驚人的生命力，但遺憾的是不管怎麼料理都很難吃。
「算了，至少還是有釣到。」
導師這段話，明顯是在針對連一條魚都沒釣到的我。
「怎麼，威德林連一條魚都沒釣到嗎？」
「你今天狀況不好嗎？」
「這跟狀況好不好沒關係吧？畢竟這裡看起來是個有很多魚的釣點。」
我在釣魚方面也是外行人，但小時候曾經被現在應該還健康地活著的祖父帶去釣魚，國中時也釣過鱸魚。

在當上班族時，我也曾為了應酬陪人釣魚。

明明以前每次都能釣到魚，為什麼偏偏只有今天連一條魚都沒上鉤？

「不過，不用擔心。我接下來會釣到這片海域的頭目！」

我前世在日本的父親曾經看過一部釣魚漫畫。

主角最後努力釣起了那個釣點的頭目。

「頭目？這裡是魔物領域嗎？」

「雖然不是，但在這種地方釣魚時，通常都會遇到相當於頭目的超級大魚。

我拚命說明某部釣魚漫畫的劇情。

「這樣單純只是釣到一條大魚吧。你怎麼知道那條魚是頭目？」

「因為那條魚最大。」

「說不定還有其他更大的魚。」

看來女孩子果然無法了解天才小釣手〇平的好。

真是太令人遺憾了。

「哎呀，話才說到一半！」

我的釣竿總算也上鉤了。

不過，這時候不能開心地大叫。

因為這是理所當然的結果。

「好大！」

從釣竿傳來的力道很強，那條魚應該也很大。

既然如此，就更不能因為過於焦急而讓魚逃掉。

我把這當成最後的機會，慎重地轉動捲線器。

「看來真的很大呢。」

布蘭塔克先生確認釣竿彎曲的程度後，也判斷那是條大魚。

「在最後關頭釣到最大條的魚。真是太完美了！」

就在我這麼想時，釣竿突然又變得更重了。

之後，不管我再怎麼用力轉，捲線器都紋風不動。

「威爾，是勾到什麼東西了嗎？」

「不對，魚鉤還沒沉到底。」

不管我怎麼轉動捲線器，釣線都像是勾到地面般動也不動。

雖然搞不懂是怎麼回事，但我很快就知道原因了。

原本緊繃的釣線突然變鬆，一個巨大物體逐漸浮出水面。

然後，連漁夫們都被那個東西嚇了一跳。

「為什麼會出現在離港口這麼近的海域？」

「是海龍啊！」
海龍從水裡探出巨大的頭，不悅地看向這裡。
牠的嘴角垂著一條從我的釣竿延伸出去的釣線。
「看來是威爾釣到的大魚，被那隻海龍吞下去了。」
「然後卡在嘴裡的魚鉤讓牠覺得很不舒服，所以對害牠不舒服的老公感到很生氣。」
實際情況應該就跟露易絲和莉莎推論的一樣吧。
海龍似乎已經把我們當成新的獵物。
「貴族大人！」
「快點逃啊！」
當漁夫很賺錢，但這個工作同時也非常危險。
無論有沒有在海上遇難，偶爾都還是會有人運氣不好碰上海龍，然後被吃掉。
「我的大魚……」
然而，我一點都不覺得海龍是個威脅。
比起這個，好不容易釣到的大魚被牠搶走這件事，讓我更為震怒。
「你害我今天一條魚都沒釣到！」
海龍張大嘴巴準備襲擊我們，但我立刻用海水做出巨大的長槍刺進牠的嘴巴裡，將牠擊斃。
「貴族大人真厲害……」

雖然漁夫們都很驚訝，但海龍比龍還要弱，而且我以前就打倒過一隻海龍了。這沒什麼大不了的。

「雖然不是魚……不對，等一下！」

說不定我釣到的魚還留在海龍的胃裡。

我把自己殺死的海龍凍成冰塊後收進魔法袋，然後急忙趕回港口。

「嗚嗚……那隻混帳海龍……」

我一回到港口，就立刻召集漁夫將海龍解體。

海龍的鱗片、肉、內臟和骨頭，很快就被聞風前來的商人買走了。

這些事倒是無所謂，剖開關鍵的海龍胃後，我們發現裡面有一條被胃液溶解到一半、全長約兩公尺的大魚。

「貴族大人，可惜您的獵物被海龍搶走了。」

那條魚長得很像在九州被視為高級魚的褐石斑魚。

「很難得看到這麼大的黃黑石斑魚。雖然這種魚很適合拿來做成生魚片、鹽烤或是煮火鍋，但現在應該不能吃了……」

「有些地方還沒被完全溶解吧。」

「魚只要碰過海龍的胃液就不能吃了。不然會吃壞肚子。」

「你說什麼——！」

好不容易釣到了一條又大又稀有的高級魚，結果卻被海龍吃掉了……

這樣的結果未免太不幸了吧？

「親愛的，這隻海龍也算是剛釣起來的吧。」

「但牠又不是魚……」

我想釣的是魚，而且這隻海龍最後也是被我用魔法打倒的。

要說這隻海龍是我釣到的，感覺也不太對。

「威爾，你釣到你說的頭目了呢。」

「這樣主公大人也算是實現了自己的宿願吧？」

「不對！我說的頭目必須要是魚才行！」

海龍不是魚。

我強烈反駁艾爾和遙的說法。

海龍應該被歸類為動物，不管體型多大都不能算是目標魚。

釣客最討厭的事情，就是釣到非目標魚。

「可是，城裡的商人們都很高興呢。」

城裡目前面臨船隻不足導致漁獲量減少，且大部分的漁獲都被軍人獨占的狀況，在得知一年通常只能抓到幾隻的海龍被以最佳狀態帶回來後，大家都開心地來買鱗片和肉。

漁夫將海龍解體後，各個部位接連被商人以拍賣會的形式買下。

我另外付了一筆報酬，把事情都交給漁夫們處理，問題在於我一條魚都沒釣到。

「可惡！我明天一定要釣到很多魚！」

「伯爵大人，你明天還要去釣魚啊？」

「這是為了徵調糧食進行的軍事行動！」

「居然擺出這麼強硬的態度……只要能釣到下酒菜，我是無所謂啦……」

「釣魚很好玩呢！」

「對導師來說是這樣沒錯……」

反正霍爾米亞藩侯什麼都沒說，我決定明天也要以徵調糧食的名義出海釣魚。

第二話　雖然未發生戰鬥，但事情一直沒有進展

『艾黎頓三級將官，基地建設得還順利嗎？』

「是的。」

『那就好。』

這裡是人類稱之為泰拉哈雷斯群島的無人群島的上空。

根據情報，從這裡往東約一百公里處有個在琳蓋亞大陸西部擁有領地的貴族，主張這些島是自己的領地。

這是從前陣子對防衛隊的船施放魔法後被捕的大型魔導飛行船的船員那裡獲得的情報，島上也確實有些簡陋的燈塔和房屋。

不過，這裡的穀物產量不足以讓人自給自足。

井也必須挖得非常深才能確保水源，所以到現在還是無人島。

「蓋瑞政務官，我們什麼時候才要開始和赫爾穆特王國進行交涉？」

『這件事牽涉到高度的政治判斷，所以還要再等一會兒。』

我——艦隊司令官艾黎頓三級將官，正位於我國浮在泰拉哈雷斯群島上空的空中艦隊的旗艦上，利用「魔導繪通訊」向政府高官進行定時報告。

「高度的政治判斷嗎……」

雖然魔導繪對面的政務官這麼說，但實際上他們正陷入混亂，根本不曉得該怎麼辦。

這位蓋瑞政務官長得很帥，相當受女性歡迎。

他在上一屆選舉代表在野黨的民權黨參選，並因為獲得許多女性票順利當選。

也因為得票數非常高，他當議員的第一年就坐上了防衛政務官的位子。

在野黨的民權黨在上一屆的選舉中表現大有進步，獲得了百分之二十以上的選票，漂亮地拿下政權。

雖然至今已經執政長達六百三十年之久的國權黨沒有犯下嚴重的政治失誤，但因為長期無法阻止魔族衰退而在選舉中慘敗，失去了許多議員的席次。

國民們也想渴望出現一些變化吧。

不過，拿下政權的民權黨成員大多缺乏實務能力。

雖然他們面對大眾時都會說些好聽話，但很多都是無法實現的諾言。

好比說之前的那場事件，就是發生在新內閣才僅僅成立一週後，時間上可以說是非常不巧。

據說在一萬年前讓先進文明滅亡的人類們倒退成原始社會，在東部大陸野蠻地互相爭奪土地，而最近有一艘巨大魔導飛行船從那裡來到我國。

我們立刻按照規定命令對方離開我國的領海和領空，但那艘巨大魔導船不知為何對我們發動了魔法，所以我們只能先拿捕那艘船。

幸好這起事件無人喪命，只有造成一些人受傷。

那些人的治療都已經結束，但在審訊他們時費了不少工夫。

畢竟我們已經有一萬年以上沒跟其他種族的人類接觸。

由於是對方先用魔法發動攻擊，他們被視為戰俘。

不過，我國沒有立法規定要如何對待俘虜。

雖然以前曾經有這方面的法律，但後來就因為用不到而廢除了。

另外，因為一直沒有需要交涉的對象，所以外務省也跟著解散、廢除了。

基於這些理由，輿論持續在爭執該怎麼處理他們，又該由哪個機關管理和審訊他們。

他們的待遇明明不差，媒體卻擅自開始拿政府侵害俘虜人權這件事大做文章。

唉，畢竟媒體這門生意，本來就是靠炒作來吸引大眾的關注。

就跟那些只要看到河川施工，就會嚷嚷著要人小心別害已經是稀有物種的青鱂魚滅絕的傢伙是同類。

雖然很多民眾都沒有認真看待這些消息，但也有不少人將這些消息照單全收，開始跟著起鬨。

按照他們的說法，人類似乎是種只有極少數人擁有魔力，壽命也很短暫的可憐種族。

儘管人類確實具備這方面的性質，但我覺得他們除了文明水準較為低落以外，其他地方都跟我們沒什麼兩樣。

我也有參加審訊，所以非常清楚這點。

自稱是艦長和副艦長的兩人冷靜地說明了狀況。

他們說明時會理智地挑選出能傳達的情報和不能傳達的情報，這讓我對他們產生了好感。

同為認真執行職務之人，我甚至對他們感到有些尊敬。

相較於會定期進行這種無意義的通訊、只有臉能看的政務官，我還比較喜歡他們。

另一方面，那艘巨大魔導飛行船上也有無可救藥的笨蛋。

那就是另一名副艦長。

我覺得他的能力並不差，但或許是太年輕了，所以沒什麼耐心。

他一直嚷嚷著自己是貴族家的繼承人，不能忍受目前的待遇。

對面的大陸上似乎有所謂的貴族，其中有些人像這個年輕人一樣具備強烈的特權意識。

我國也有人仗著自己是政治家、高官或大企業老闆的親戚就莫名囂張，這或許是相同的道理。

不過，對一部分的國民和媒體來說，赫爾穆特王國似乎仍是個貴族專制的野蠻國家。

一些贊同這個說法的記者，將這些內容寫成了報導。

這些人主張現在應該進軍大陸，宣傳民主主義的大義。

雖然這個主張聽起來很棒，但我們目前只知道大陸上有赫爾穆特王國和阿卡特神聖帝國這兩個國家，對人口、技術水準、國力或軍事力等情報都一無所知，那些人卻吵著要派兵。

那些人仗著自己不需要上戰場，就發表不負責任的言論。
真要說起來，我國的防衛隊並非正式軍隊。
畢竟從國家的角度來看，已經有一萬年以上沒有假想敵，因此防衛隊只是用來預防內亂的治安維持組織。
在魔族這個種族中，偶爾會有人一出生就擁有龐大的魔力，具備極強的戰鬥能力。
如果這些人企圖顛覆國家或發動恐怖行動就不妙了，所以防衛隊的任務主要是防範這些問題。
再來就是針對一般犯罪的治安維持隊，以及由消防隊和救援隊組成的救護隊，這些人數加起來還不到三萬人。
雖然魔族的人口約有一百萬人，但最近很少發生大規模的重大刑案或恐怖行動。
因此，最近常有人抱怨更新這些組織的裝備很花錢，人員規模也逐漸縮小。
光憑這個人數要怎麼占領和統治整個大陸？
儘管那些人的意見實在過於愚蠢，但令人困擾的是，包含魔導繪對面的那個笨蛋在內，在民權黨裡有一定比例的人主張應該攻打大陸——他們覺得攻打這個詞不好聽所以稱之為解放，但意思都一樣。
再加上淪為在野黨的國權黨議員、想增加刊物銷量的媒體相關人士，及商界人士都表贊同。
媒體主張為了教導大陸居民民主主義，必須要有像新聞這樣的社會公器。
雖然感覺他們只是想增加刊物銷量，但他們有辦法把這些用來隱藏真心話的藉口當成真相。

坦白講，我真羨慕他們的腦袋。

因為這麼做能夠擴大生意版圖，所以商界人士的想法倒還不難理解。

當然，大部分的國民都是冷靜地冷眼看待這一切。

所以，我們最後才會用這種不上不下的方式出兵。

雖然這個群島是對方的領地，但實質上並沒有被統治，我們藉由在這裡建立臨時基地對那些人施壓，逼迫他們針對之前的攻擊道歉和締結通商條約。

我國政府也不至於蠢到立刻就發動戰爭。

就算想發動戰爭，也會被防衛隊的軍官以缺乏戰力為由反對吧。

當然，無論是要求對方道歉或締結通商條約都需要外交官，但不巧的是，我國的外務省也在兩千年前就廢除了。

當時的人們批評這個部門根本沒有存在的必要，留著只是浪費預算，於是就廢除了這個部門。

雖然外務省的人員反對，但平常沒工作的他們頂多只會被派去支援其他部門，所以被廢除也是沒辦法的事情。

因此，雖然記載外交知識的古文書還留著，但官員們又開始爭執該派誰去。

本來以為大家會因為缺乏經驗而退縮，沒想到各部門居然開始爭奪主導權，導致情況變得相當混亂。

儘管蓋瑞政務官今天也用莫名爽朗的笑容蒙混過去，但既然防衛大臣沒有出面，就表示官員們還沒做出任何決定吧。

「再來是關於赫爾穆特王國祕密派來的外交使節……」

赫爾穆特王國有個叫阿卡特神聖帝國的假想敵。

所以，他們當然有外交人員，並派了由約十名官員組成的使節團過來。

這是機密事項，目前由我們防衛隊負責歡迎他們。

雖然說等時機成熟就會送他們到本國，但目前還沒有決定確切時間。

然而，說來奇怪。

大部分的政治家和媒體都認為他們是技術和文化水準低落的野蠻人，但那些野蠻人立刻就派出了外交使節，反倒是我國仍處於混亂狀態，沒有派出任何人進行交流。

這樣根本搞不清楚到底哪一邊才是野蠻人。

『反正建設基地也需要時間……』

「說得也是……」

還有另一個讓人困擾的問題。

那就是正在這個群島建設的基地。

我們一開始是打算建設能夠立即拆除的臨時基地。

然而，政府不斷改變方針。

甚至還有人主張機會難得，不如把這裡打造成進軍大陸的橋頭堡。

如今赫爾穆特王國已經做好以大軍迎擊的準備，如果我們打算永久支配他們的土地，情況必然會演變成兩國之間的戰爭。

防衛隊原本就反對占領這個群島的作戰。

之所以不得不接受，是因為防衛隊採文人治軍。

簡單來講，就是一定要遵從政府的命令。

我不覺得這樣有什麼不好。

畢竟參考古代的歷史，軍閥的軍事獨裁政治根本是一場惡夢。

不過，既然要治軍，還是希望他們能有最低限度的知識。

順帶一提，目前顯示在魔導繪通訊上的那個笨蛋，到現在連海上艦艇和空中艦艇都不會分辨。

這種笨蛋居然是防衛隊裡官階第三高的人物，一想到之後發生緊急狀況時該怎麼辦，我的頭就開始痛了起來。

『那些青年雜勤人員還好嗎？』

「唉……」

讓建設基地的作業進度大幅落後的元凶，就是這些青年雜勤人員。

最近這幾百年，我國面臨未婚率增加伴隨的少子高齡化，以及經濟規模縮小的問題。

考慮到有一半的年輕人都沒有工作，這或許也是無可奈何的事情。

不過，那些年輕人自己倒是不怎麼煩惱。

由於只需要少數人就能進行先進的農業，多到吃不完的糧食都是免費供應，那些年輕人也能透過社會福利制度獲得一些零用錢。

再加上他們偶爾還會去打工或沉浸在自己的興趣裡，所以意外地享受這種失業生活。

儘管老人家們都無法接受，但既然職缺原本就不夠，再怎麼抱怨也無濟於事。

為了掩蓋這個矛盾，政府募集了青年雜勤人員。

簡單來講，就是因為防衛隊的戰力不足，所以募集了一群對外面的世界有興趣又沒工作的人，讓他們負責建設基地。

結果，就是讓建設基地的速度被他們拖慢。

理由可想而知。

因為他們都是沒什麼工作經驗的外行人。

少數具備相關技術的防衛隊隊員必須負責保護他們，讓完全不懂建築的外行人們反覆摸索建設基地的方法。

雖然也有將士對作業進展過於緩慢這點感到生氣，但如果讓那些雜勤人員遭遇職業災害，政府會很囉唆。

因此，只能讓一切順其自然。

幸好我早就知道暫時無法完工，所以有事先將預定完工日期設定得晚一點。

畢竟就算我們跟上層報告青年雜勤人員建設基地的速度太慢，政府也只會生氣地處罰我們。

那些只需要高高在上地下達指示的政治家還真是輕鬆呢。

『他們都沒什麼經驗。用長遠的眼光來看待他們吧。』

「唉……」

雖然那樣也沒什麼不好，但有些人的問題明顯與有沒有經驗無關。

他們不僅沒好好工作，還開始調查島的地質與生態系。

那些人都是研究所的畢業生，平常都在從事相關領域的研究。

大學的自治組織是民權黨的據點，也是政黨的主要支持者。

他們應該是打算利用青年雜勤人員制度免費做研究吧。

「（看他們認真成這樣，某方面來說反而令人敬佩。）」

而且，如果基地蓋得太好，政府的那些笨蛋或許又會開始想些多餘的事情。

從這個角度來看，建設基地的速度慢一點或許反而正好。

首先，雖然我能理解青年雜勤人員都是外行人，但防衛隊第三偉大的人物是政治外行人真的好嗎？

我覺得不應該讓外行人當政治家，這樣的想法很奇怪嗎？

「（就算用長遠的眼光來看，你還是一樣沒用吧……）」

「你剛才有說什麼嗎？艾黎頓三級將官。」

「不，我什麼都沒說。」

差點就被他聽見我的自言自語了。

雖然讓他聽見也無所謂，但要是我因此遭到懲罰，就拿不到退休金和年金了。

這時候還是忍耐一下比較好。

『等基地完成時，應該就會開始交涉了。先出手的是赫爾穆特王國的人，所以他們應該會道歉吧，一旦通商交涉順利進行，經濟狀況也會變好。』

「是啊。」

希望事情真的能這麼順利……

我開始羨慕起這個悠哉的政務官了。

＊　＊　＊

「貴族大人，今天也是大豐收呢。」

「是啊，先保留我們要吃的份，剩下就賣掉吧。看來今天也能額外發獎金呢。」

「大家都會很開心吧。」

我靠釣魚消磨了一個星期的時間，但情況至今仍未產生變化。

霍爾米亞藩侯什麼都沒說，所以我們也乾脆自由行動。

我為了洗刷第一天的恥辱，一直持續在釣魚。

我們以偵察賽利烏斯周邊有無敵人的蹤影，同時徵調糧食的軍事行動為由，每天都出海釣魚一次。

不過，包含照顧小孩在內，我們還有很多事情要做。

因為我還有幾艘採魔導動力推進的船隻，所以我們在海上釣幾個小時的魚時，也會把那些船借給漁夫。

他們很快就學會怎麼駕駛那些船，並設置了定置漁網和進行延繩捕魚。

我身為船隻的所有人，會付日薪給漁夫們，我還把他們捕到的漁獲拿去拍賣，將一部分的銷售額當成獎金發給他們。

他們的收入因此增加，每個人都很開心。

「要是貴族大人能把這艘船賣給我們，那就更令人開心了。」

「很遺憾，這我辦不到。」

他們不是鮑麥斯特伯爵領地的領民，所以我無法將船賣給他們。

這方面的界線一定要拿捏好。

「真遺憾。話說回來，貴族大人也愈來愈有漁夫的架勢了。」

雖然我還是一樣不用漁網，只用釣竿釣魚，但跟第一天不同的是，我已經能釣到很多魚了。

最近甚至還因為皮膚稍微曬黑，讓外表變得更加精悍了。

「不好意思，親愛的。我不太喜歡曬黑……」
「我也不能接受。」
「我也是。」
「那樣對皮膚不好。」
「必須擦防曬油呢。」
「本宮是不太在意啦……」
「我也是。我從以前就不在意這種事情。」
「我會在意。」
雖然有少數例外，但我的妻子們上船前都會認真塗抹防曬油。
即使如此，她們還是覺得能釣到許多魚很有趣，所以只要有空就會陪我一起來。
「今天來做藍鮒燉蘿蔔吧。」
「聽起來不錯呢。我很喜歡那個。」
艾爾和遙在有了小孩後，依然像新婚夫妻般感情融洽地一起來釣魚。
他們同時也是我的護衛，所以這也是理所當然。
「用新鮮的魚製作的料理非常美味！」
導師也還是一如往常，他明明是王宮首席魔導師，但霍爾米亞藩侯和王國軍都沒有派人來找他。
大家果然都覺得他平常派不上用場。

雖然現在的狀況很難稱得上是平常，但這表示沒有人認為導師在一般業務方面能幫得上忙吧。

至於布蘭塔克先生……

「伯爵大人，我們每天都過著像漁夫般的生活，真的沒關係嗎？」

他每天都會跟我一起釣魚，將釣到的魚交給艾莉絲她們料理。

然後，他會拿那些魚料理來當下酒菜。

布蘭塔克先生似乎苦惱著該不該繼續像這樣自甘墮落下去。

「話雖如此，都沒有人來對我們下達指示……」

菲利浦和克里斯多夫也很閒，所以一直在做訓練。

他們來找我買魚時，曾抱怨過明明有敵人卻什麼都不能做。

「而且如果不來釣魚會很麻煩吧。還是布蘭塔克先生要代替我去陪那些人？」

「不，這我可敬謝不敏。」

如果太閒反而會更加不妙。

每天都有許多西部貴族邀請我去參加茶會或餐會。

他們的目的……應該是想分到更多開發領地的特權吧。

如果我就這樣傻傻地過去，還可能會被多塞幾個側室或情人。

「所以，我們必須每天都來補給漁貨才行。」

我甚至還把船借給漁夫，讓他們幫我補足不夠的魚。

因為我有對補給漁貨做出貢獻，這應該稱得上是軍事行動了。
沒錯，我是在協助軍隊補給食材。
所以我非常忙碌，沒空與其他貴族見面。
「雖然我能理解你說的話，但伯爵大人絕對是因為喜歡釣魚才來的吧？」
「是啊。」
「這時候至少表面上要否定一下吧……」
我回答得太直接，讓布蘭塔克先生嘆了口氣。
不過，為了獲得美味的下酒菜，他也一樣每天都跑來釣魚。

＊＊＊

「補給作業好忙啊。」
「鮑麥斯特伯爵變得像漁夫一樣，這次的紛爭到底是怎麼回事？」
釣完魚，餵完孩子們牛奶讓他們睡覺後，我今天召開了一場晚餐會。
因為狀況一直毫無進展，我找來菲利浦和克里斯多夫，跟他們交換情報。
我平常還是一樣待在停靠好的船裡生活，所以很少邀請客人來。

除了他們兩人以外，他們還帶著部下和新收的附庸一起過來。

「你們已經有附庸了嗎？」

「因為帝國內亂而獲得獎賞的貴族，並不是只有我們。」

有幾名為了謀生而從軍的貴族次男和三男後來當上了指揮官，他們在與菲利浦並肩奮戰後，也一起獲得了騎士爵的爵位並獨立成為名譽貴族，就這樣成為菲利浦的附庸。

「一下子就被綁得死死的……」

「鮑麥斯特伯爵，就算真的這麼想也不該說出口。我自己也很不知所措。」

「咦？你明明原本是大貴族的兒子。」

「你覺得我有辦法掌握附庸們的詳細狀況嗎？這方面的事情都是由克里斯多夫負責。」

軍人性格的長男，以及內政官性格的次男啊……

「這樣不太好吧？」

「菲利浦哥哥，就算只是裝一下也好，請你擺出自己有在好好做事的樣子。」

克里斯多夫開口提醒菲利浦。

像這樣坦白說出自己沒有盡貴族的義務，確實是不太好。

「鮑麥斯特伯爵也沒資格說別人吧。畢竟你平常也沒有很照顧自己的附庸。」

「唉，確實如此……」

我完全沒在照顧他們。

這方面的事我全都推給羅德里希了。

「我有在好好努力喔。畢竟名譽騎士的地位真的不高，大家都很依靠我。」

菲利浦現在跟以前不同了，他有了必須照顧的人。

而且因為他很照顧跟自己一起撐過帝國內亂的部下們，那些人都相當仰慕他。

「我和克里斯多夫也成為了艾德格軍務卿的附庸並受到他的關照。真的非常感謝他。所以我們才會像這樣來找鮑麥斯特伯爵交換情報……作為回報，我們也來提供一些情報吧。」

根據兩人的宗主艾德格軍務卿提供的情報，其實王國這邊已經祕密派出外交使節團去見之前那支魔族艦隊。

不過，使節們只有被留在艦隊裡，到現在都還沒開始交涉。

「是被囚禁了嗎？」

「不知道。他們能夠正常地定期通訊，對方的司令官也說如果有人有事可以直接回去。」

「是想故意讓我們焦急，以爭取更好的條件嗎？」

我們可是派出了外交使節團。

正常來講，對方應該立刻選一個負責人接應。

「王宮那邊也不曉得該怎麼判斷。其中也有貴族主張『赫爾穆特王國被人小看了！應該立刻展開攻擊！』……主要是普拉特伯爵那些人……」

「是那傢伙啊……」

因為普拉特伯爵的繼承人是巨大魔導飛行船「琳蓋亞號」的副艦長，他似乎不惜發動戰爭也要搶回兒子。

看來他非常寵愛兒子，如果腓特烈也遇到一樣的事情，不曉得我會不會也變成那樣？

「幸好有鮑麥斯特伯爵的部下羅德里希提供的厄情報，大家才不至於因為對魔族一無所知而亂成一團。」

所謂的「厄情報」，就是「來自厄尼斯特的情報」的簡稱，也就是住在我家的魔族提供的情報。

如果帶他來這裡，他或許會私自與魔族勢力聯繫，和他們裡應外合，所以就讓他留在我家了。

至於他本人，則是一如往常地忙著窩在房間裡寫論文。

然後，作為讓王國默認這個狀態的回報，他提供了關於魔族的情報。

厄尼斯特為了調查位於琳蓋亞大陸上的某座遺跡，甚至不惜偷渡出境。

因此他對自己的國家沒什麼忠誠心，將所知的情報都提供給了王國。

拜此之賜，我們才能獲得關於魔國的情報，但厄尼斯特以前是大學教授，所以對政府和軍隊的事情知道得不多。

即使如此，這些情報還是足以讓王國政府決定派人去交涉。

「魔族全都是魔法師，而且至少都擁有中級以上的魔力。魔導飛行船和其他武器的性能也都遠遠凌駕王國。就算數量不多……」

魔族的裝備數量不多，所以這次的事件應該不會演變成全面戰爭，但如果他們為了讓談判變得有利而發動小規模的軍事衝突，我方一定會被單方面打得落花流水。

如果王國最後因此被迫接受不平等條約或割讓領土就不妙了。

到時候連阿卡特神聖帝國都會跟著輕視王國吧。

「所以，王國政府打算依靠數量施壓，努力締結平等條約吧。」

「真的辦得到嗎？」

「如果覺得辦不到就不會繼續交涉了。問題在於普拉特伯爵那些扯後腿的傢伙。」

令人驚訝的是，他們似乎認為王國即使與魔國開戰也能獲勝。

明明他們也有收到厄尼斯特提供的情報。

「他們主張那些情報一點都不可靠。」

「那叫他們自己去收集可靠的情報啊。」

「他們才不會做那麼麻煩的事情。」

對他們來說，戰爭是自己能否飛黃騰達的關鍵。

「無論是政府閣僚、軍人、還是上面那些大人物都討厭戰爭。至於煽動戰爭的貴族，則是認為順利的話自己就能飛黃騰達，就算戰敗也能把責任推給上面那些大人物吧。等上層因為受到處罰而空出職位後，他們又會若無其事地回歸。」

不抱希望地宣揚主戰的好處，一旦失敗就把責任推給上面的人。

雖然這樣聽起來很過分，但很多人都是這種中間派或非主流派。

就算覺得上面的大人物們很可憐，但他們原本就要對自己的地位負責，如果這樣就受到影響，當然也該負起責任。

負責人就是為了負責而存在。

「這表示我們還能繼續釣魚嗎？好——趁這個機會，來多練習海釣吧——」

我還沒釣到頭目等級的大魚。

或許過不久，就會有達人等級的老練漁夫來對我說「這片海域裡有一隻全長十公尺以上的神祕大魚，老夫已經追了牠幾十年」也不一定。

「鮑麥斯特伯爵，那到底是什麼樣的故事？」

「如果真的有，感覺會很有趣呢。」

雖然個性好動的菲利浦聽了很傻眼，但個性文靜的克里斯多夫似乎對這個話題有些共鳴。

「我要讓那個知名漁夫大吃一驚。」

「親愛的第一天就釣到了會被海龍吃掉的大魚，所以一定能再釣到那種等級的獵物。」

「就是啊。艾莉絲真了解我。」

沒錯，這片海域是為我們帶來了豐富漁獲的優良漁場。

只要肯努力，或許還能再釣到那樣的超級大魚。

「威爾，我們名義上是為了替駐紮此處的軍隊提供糧食，才出海釣魚喔……」

「艾爾，你以為我會連這點程度的事情都不明白嗎？」

就是因為明白，我才會每天都出來釣魚。
實際上，我也真的賣了很多魚給他們。
我開的價格比一般行情略低，漁夫們的收入也獲得了保障。
因此，霍爾米亞藩侯對此也沒什麼意見。
「我是擔心如果威爾繼續熱衷於釣魚，會不會遺忘原本的目的。」
「啊哈哈，怎麼可能。」
我笑著如此回答艾爾。
「是嗎？我倒是覺得艾爾擔心得很有道理。」
「咦──為什麼伊娜要背叛我？」
「這才不是背叛，威爾最近每天不是開心地去釣魚，就是在陪腓特烈他們。」
「鮑麥斯特伯爵是個走在時代的前端，願意照顧小孩的貴族啊。」
這個世界既沒有分擔家事，也沒有育兒爸爸的概念。
孩子主要是由女性照顧，這才是這個世界的主流價值觀。
許多大貴族甚至不是讓母親照顧孩子，而是讓奶媽或女僕代為照顧。
很少有男性會像我這樣親自幫小孩餵奶或換尿布。
「我平常又沒辦法這樣，至少這段期間讓我輕鬆一下。」
待在領地時，我有很多事情要忙，羅德里希也很囉唆。

所以，現在對我來說是大好機會。

明明有可能發生戰爭，但我不知為何多了許多閒暇時間。

「雖然我覺得沒什麼不好，但你畢竟是鮑麥斯特伯爵，這樣或許會構成問題。」

「是啊，或許會有人因此看輕你。」

露易絲也贊成伊娜的想法。

像我這樣的男性大貴族如果親自照顧小嬰兒，會有損世人對我的評價。

現代女性知道這件事情後會怎麼想呢？

這某方面來說，是個值得深思的問題。

「這沒什麼好在意的。」

泰蕾絲站出來替我說話。

「大貴族就算做些奇怪的事情，也沒什麼大不了的。許多流行也都是從個性古怪的大貴族或國王開始的。」

同樣曾經是大貴族的泰蕾絲，認為所謂的流行就是由像她那樣顯眼的人創造出來的。

「妳的意思是如果身為男性的威德林先生照顧小孩，就會開始有人模仿他並形成流行嗎？」

「大概就是那樣。」

「真是難以置信。」

卡特琳娜是一個對貴族身分有強烈執著的女性。

所以，她很認真遵循貴族的基本原則，覺得我照顧小孩很奇怪。

「這種事應該是隨本人高興吧。」

「就是啊，薇爾瑪。我哥小時候還會幫忙揹我和照顧我呢。」

卡琪雅家是連當家的夫人都要一起務農的家庭。

反正不會被其他貴族看見，所以他們都不太在意這些事情。

「不過，畢竟還有我們在，所以你只要偶爾幫忙就好了。」

「老公果然還是多注意一下大眾的觀感比較好……」

「嗯——那就偷偷照顧吧。」

站在亞美莉大嫂的立場，我這麼做會搶走她和其他一起過來的女僕們的工作，反而增加她們的困擾。

這麼說也有道理。

如莉莎所說，在這裡還是應該多在意其他貴族的眼光。

「既然如此，果然還是應該多磨練釣魚技術嗎？」

「老公，為什麼是釣魚啊？」

「因為大海在呼喚我！」

此外，尚未現身的這片海域的頭目，還在等著我和牠對決。

「不，既然你會用『瞬間移動』，這時候應該是要幫忙領地內的開發工程吧。不然羅德里希先生會生氣喔。」

「莉莎小姐說的很有道理。親愛的，請你每兩天回一次領地吧。如果有什麼事，我們會用魔導行動通訊機跟您聯絡。」

連艾莉絲也跟著提醒我，於是我決定之後改成每兩天釣魚一次。

另一天則是用「瞬間移動」返回領地，再次以土木冒險者的身分工作。

＊　＊　＊

「打擾了，請問鮑麥斯特伯爵大人在嗎？」

在我們一如往常持續待命的期間，突然有五名男子跑來找我。

從他們的打扮來看，應該是下級貴族和他的孩子吧。

我本來想直接把他們趕走，但他們居然是艾爾的父親和哥哥。

總之，我決定先聽聽他們想說什麼。

「承蒙您願意接見，實在惶恐……」

他們之前都在巡邏補給部隊會經過的路線，所以沒有來到賽利烏斯。

等任務結束獲得休假，帶著諸侯軍一起進入賽利烏斯後，他才發現自己的兒子在這裡。

通常父子應該會趁機見個面……但因為他們以前犯下了嚴重的過錯，所以並沒有這麼做。

我剛獲得領地時，他們曾經想透過艾爾的關係，獲得比其他貴族更好的待遇。結果導致我因此冷落西部的貴族們。

說冷落可能會造成誤解，其實我並沒有特別拒絕他們。

我最優待的是老家所在的南部地區，再來是中央，這是因為中央貴族與王家都有在進行開發時提供援助和庇護。

雖然我曾經和東部起過爭執，但事情解決後，我和新布洛瓦藩侯也算是認識了，考慮到那裡在紛爭中元氣大傷，我稍微幫了他們一點忙。

這同時也是為了穩定新領主的政權，避免再次被捲入他們的紛爭。

這樣看來，西部獲得的待遇確實最差。

艾爾在那之後就一直沒有和家人聯絡。

他想報恩的對象是已經去世的母親，所以覺得自己獨立離家後，就跟他們毫無關係了吧。

「艾爾也很辛苦呢。」

「是啊，真羨慕伊娜和露易絲的家人……」

艾爾像是看見有人來惹麻煩般皺起眉頭。

「我不覺得我家有你講的那麼好。」

「是啊。應該算非常普通吧。」

「就是因為普通才讓我感到羨慕啊。」

伊娜和露易絲的孩子將建立自己的家臣家，成為鮑麥斯特伯爵家的槍術教頭和魔鬥流教頭，到時候會優先僱用老家的親戚和弟子過來幫忙。

這是每個貴族家都會做的事情，何況我的領地原本就人手不足。

這些都不成問題。

「雖然由我這種笨蛋來說可能不太恰當，但我家的人真的都很普通。」

從他們會嫉妒劍術優異的艾爾並搶走他的獵物來看，不難想像他們是什麼樣的一家人。

「不過，為什麼雷庫斯哥和巴頓哥也在？」

「他們也是你的家人吧？」

「我聽說他們比我早離開家，去替霍爾米亞藩侯家工作了。」

對弱小貴族的子弟來說，其中一個就業選擇就是去侍奉當地的大貴族家。

不過即使同樣是寄人籬下，還是有等級之分。

等級高的人能夠入贅家臣家，但艾爾的哥哥們只能擔任地位最低的警衛，去世後也會失去貴族身分。

「既然是替霍爾米亞藩侯家工作，他們現在應該很忙吧？」

霍爾米亞藩侯必須應付魔族艦隊，所以他們不像我們這麼閒，應該根本沒空來這裡才對。

「鮑麥斯特伯爵大人。我是艾爾文的父親，阿尼姆家的當家維克塔。」

艾爾的父親一開始先正常地跟我打招呼。

他依序介紹自己和四個兒子。

「久仰鮑麥斯特伯爵大人各種活躍的事蹟。話說，能否請鮑麥斯特伯爵家也任用我的其他兒子呢？」

「你說什麼？」

我一時無法理解艾爾的父親在說什麼。

如果想來我這裡求職，大可直接過來應徵。

如果他們真的很有能力，自然有機會出人頭地。

「如果是這樣的話，他們可以直接過來應徵。不過，在那之前請先從原本的地方離職，這樣才能避免日後產生爭議。」

不曉得是不是因為我這邊提供的待遇比較好，有些人急到還沒從原本任職的貴族家或職場辭職就跑來應徵，坦白講這真的讓我們很困擾。

對那些人原本的雇主來說，這就像是鮑麥斯特伯爵家擅自跑去挖角。

他們當然會因此提出抗議，而這些麻煩事又會替我們增加多餘的工作，讓羅德里希他們非常傷腦筋。

所以，我特別提醒他們要記得先辭職。

「咦？為什麼必須那麼做？請鮑麥斯特伯爵大人直接去跟霍爾米亞藩侯大人商量吧。」

「你說什麼？」

這個大叔到底在說什麼？

「艾爾文，我已經受夠在霍爾米亞藩侯家當最底層的士兵了。你可要幫我準備個好職位。」

「是啊，你應該好好尊敬自己的哥哥。」

艾爾剛才提到的那兩個在霍爾米亞藩侯家工作的雷庫斯和巴頓，高高在上地命令艾爾。

雖然他們是艾爾的哥哥沒錯，但雙方現在的身分和立場可說是天差地遠。

他們應該是認為還能繼續延續過往的關係……或是希望能夠行得通吧。

「艾爾文，我的孩子將來也麻煩你照顧了。你可要讓他繼承能夠傳給後代的家臣家喔。」

一個看起來像是次男的傢伙，不知為何態度非常囂張。

然後，艾爾的父親和最年長的哥哥也跟著囂張地點頭，默默表示贊同。

那些人命令艾爾安排他們的孩子在鮑麥斯特伯爵家擔任官職，彷彿覺得這是天經地義的事情。

話說，我突然覺得我的老家好像還比較好一點。

雖然我之前就宣告過不會給他們特別待遇，但看來他們還沒有放棄。

「父親，各位兄長。我沒有那樣的權限。」

我本來以為艾爾會很生氣，但他意外地表現得非常冷靜。

或許是氣過頭後，反而變冷靜了也不一定。

艾爾表示自己沒有那種權限，駁回了他們的要求。

「請等一下！鮑麥斯特伯爵大人！這種時候按照常理……」

那些人的嘴臉真令人厭惡。

即使他們對我露出諂媚的表情，我也沒打算給艾爾的家人任何優待。

首先，我和他們根本沒有任何關係。

「沒錯。連艾爾這種貨色都能成為鮑麥斯特伯爵大人的重臣，那我們應該能獲得更高的地位吧。」

「艾爾文，你也來幫忙勸勸鮑麥斯特伯爵大人。」

「（喂，艾爾。）」

我問艾爾這些人是不是從以前就是這副德性。

「（看起來變得比我離開家時還要糟糕。你只有一個哥哥比較糟糕，其他哥哥都很正常吧？）」

有這種父親和哥哥，難怪艾爾既不想回家也不想繼續和他們來往。

「（他們無法透過我和威爾建立關係，所以應該被霍爾米亞藩侯大人討厭了吧。）」

對霍爾米亞藩侯來說，算是期待落空了吧。

我和霍爾米亞藩侯只有一面之緣，而且那還是最近的事情。

不如說我和以前有過紛爭的布洛瓦藩侯家還比較熟。

一旦東部和南部的關係獲得改善，西部可能會變成最疏遠的地區。

造成這個狀況的艾爾家，無疑正處於四面楚歌的狀態。

「不，我沒打算讓你們擔任我的護衛。」

為什麼我得把這些完全不熟悉的人留在自己身邊啊？

羅德里希會全力反對吧。

我和艾爾是偶然認識的。

他會成為我的家臣也只是偶然。

不過，艾爾是靠自己的努力爬到現在的地位。

那些傢伙有做過什麼努力嗎？

如果有的話，就不會想靠關係成為重臣了……

「鮑麥斯特伯爵大人，比起還不成熟的艾爾文，我更適合擔任您的護衛。」

「沒錯。」

「喔——這樣啊。」

那就來測試看看吧。

「艾爾，你的哥哥們好像比你更適合當我的護衛。那就讓他們證明看看吧。你用劍跟他們比試一下。」

「我明白了。兄長們，如果你們能用劍戰勝我，就能獲得我的地位。」

艾爾說完後，拔出自己的劍。

「鮑麥斯特伯爵大人，在這種場合比劍似乎不太恰當！」

「沒錯！」

「我們的能力不限於劍術，而是更加全面。」

什麼叫更加全面。

他們要是有和艾爾比試劍術的氣概，那或許還有救。

這麼說來，無論是比劍還是比弓箭，他們連小時候還待在領地時的艾爾都贏不了。

這些人看起來也不會是會認真努力的類型，雖然對艾爾的親人們不好意思，但我不需要他們。

「艾爾除了擔任我的護衛以外，有空時還要率領警備隊，他在帝國內亂時也曾率領部隊攻入敵陣。如果你們無法在劍術方面贏過艾爾，那恐怕很難獲得比艾爾更高的地位。所以，請你們在模擬戰鬥中贏過艾爾，證明你們的實力。」

現在回想起來，艾爾其實累積了不少驚人的戰績。

咦？

這樣難度好像有點高？

如果是成為威德林之前的我，應該也辦不到吧。

「這個嘛……」

「我打算靠智慧做出貢獻……」

「沒錯，我跟巴頓一樣比較擅長動腦！」

「那麼，請你們通過王都的下級官吏考試。」

埃里希哥哥也曾通過那個考試。

雖然相當困難，但只要努力就有機會通過。

透過這個考試成為下級官吏的人，都具備能夠立即擔任文官的能力。

大家都會積極讓通過考試的人任官，羅德里希也提拔了不少這樣的人。

如果想以文官的身分活躍，至少也要通過下級官吏考試才行。

「「「……」」」

「怎麼了嗎？我的領地確實人手不足，但如果想出人頭地，就必須具備一定程度的能力。反過來講，即使缺乏家世或人脈也有機會出人頭地。好了，請你們證明自己的實力吧。」

「「「……」」」

「怎麼樣？如果你們真的很有能力，我的家宰羅德里希會立刻提拔你們。請務必要來應徵。」

「鮑麥斯特伯爵大人，我突然有急事……」

「我也先告辭了！」

「我也是！」

我明明只是講了一些合情合理的事情，艾爾的父親和哥哥們就立刻逃跑了。

我只是因為他們想獲得比艾爾更高的地位，才提出適合的條件罷了。

「真是的，我的家人們還真是丟人現眼啊。」

我什麼都沒說。

艾爾實際上應該非常難勘才對。

這種時候還是什麼都別說比較好。

「艾爾先生，今天辛苦你了。」

「還好啦。」

遙聽說這件事後，也沒有詢問艾爾詳情，直接端出餐點慰勞他。

不愧是瑞穗的傳統女性，非常懂得怎麼體貼丈夫。

「今天要不要早點休息？」

「說得也是。總覺得有點累了……」

夫妻兩人當天都早早就寢，艾爾隔天早上就恢復精神，讓我們鬆了口氣。

第三話　第二次接觸

「貴族大人，今天也是大豐收呢。」

「這樣啊，好好加油，注意安全。」

「放心交給我們吧。」

不知為何，王國和魔族至今仍未開始交涉。

魔族的空中艦隊已經登陸泰拉哈雷斯群島，在那裡建設基地，但不曉得是不是基於某種策略，魔族建設基地的速度出乎意料地緩慢。

魔族明明都是魔法師，這樣的建設速度明顯有問題。

在王國政府中，有些貴族認為魔族只是想讓交涉變得對自己有利，沒有打算認真建設基地，有些貴族則是認為魔族在刻意挑釁。

不管怎樣，只要雙方還沒開始交涉就沒意義，但沒人知道雙方何時才要開始交涉。

即使如此，只要聚集大軍就會消耗大量物資。

尤其是食材和水，我們正在努力確保這些物資。

為了監視泰拉哈雷斯群島，漁夫們陷入漁船不足的困境，但我借他們使用魔導動力的船隻捕魚，讓船的數量大幅增加。

拜此之賜，賽利烏斯的魚肉價格相當穩定。

無論是在提供軍隊補給，還是穩定民心的方面，我們都做出了極大的貢獻。

霍爾米亞藩侯還是一樣沒找我們過去，大概是沒空理會我們吧。

「雖說有做出貢獻，但也可以說只是在釣魚呢。」

「布蘭塔克先生，如果要這樣講，那你也只是把那些魚做成料理配酒吧……」

布蘭塔克先生今天也預定把釣到的魚交給艾莉絲她們料理，等晚上再拿來配酒。

他實在沒什麼資格評論別人。

「這也無可奈何啊。畢竟狀況完全沒有變化。」

話雖如此，現在還只過了約兩個星期。

這種程度的長時間對峙，我早就習慣了，何況我會使用「瞬間移動」，所以每兩天就會回鮑麥斯特伯爵領地一次，繼續進行土木工程。

卡特琳娜、莉莎和泰蕾絲會的魔法都和我很類似，所以我也會帶她們一起回去，即使現在是準戰時，鮑麥斯特伯爵領地的開發依然按照原本的計畫在進行。

亞美莉大嫂和艾莉絲集中精神照顧孩子們，露易絲、伊娜、薇爾瑪和卡琪雅則是將重點放在捕魚上。

她們有空時，似乎還會向漁夫們學習如何設置漁網。

「我開始擔心起這種捕魚的生活會不會就這樣一直持續下去了。」

話雖如此，大家似乎並不討厭捕魚或釣魚。

按照布蘭塔克先生的說法，魚似乎是最適合做成味道清爽的下酒菜的優良食材。

「嗯——」

「導師，怎麼了嗎？」

「釣不到呢！」

「不，你一直有釣到吧。」

繼第一天的那個超難吃的魚和不能吃的魚的地獄組合後，導師釣魚的收穫一直都不錯。

他今天也釣到了不少魚。

「不，在下想釣的是黑鮪魚或海豬之類的獵物！」

「導師，在離港口這麼近的海域，是釣不到那些東西的……」

聽到導師的任性發言讓艾爾十分傻眼，但在這個離港口只有約一公里的海域，確實很難釣到那些生物。

必須去更遠一點的地方釣才行。

「黑鮪魚和海豬嗎？至少要在離岸邊十公里的海域才有機會遇到。」

我跟幫我們殺魚的漁夫確認後，得知果然必須要離岸邊夠遠才行。

「偶爾還是能在離岸邊不遠的海上看見海豬，但想抓到像牠們那麼大的獵物，並不是一件容易的事情。」

海豬指的是海豚或鯨魚。

海豚和鯨魚都是胎生，牠們在這個世界也被視為動物，從以前就被稱作海豬。

因為這個世界沒有會主張鯨魚和海豚頭腦很好，殺牠們實在太殘忍的環保團體，所以在市場上偶爾能買到被人類抓到的海豬。

之所以說是偶爾，是因為想抓到像牠們那麼大的動物非常困難。

「鮑麥斯特伯爵，你偶爾不會想要挑戰大一點的獵物嗎？」

「大貴族大人，想抓海豬可沒那麼容易。」

漁夫們親切地稱導師為「大貴族大人」，其中一位漁夫開始幫忙說明。

因為沒有捕鯨用的槍，而且就算真的捕到也只有大船才載得動，所以想抓海豬非常困難。

「我們是魔法師！如果抓到海豬的話，就放心交給我們吧！」

「你在說什麼啊……」

導師明明根本沒抓過海豬，說這種話未免太不負責任了……

「偶爾這樣也沒什麼不好。明天就出發吧！」

導師不知為何強硬地做出決定，我們就這樣被迫陪他一起去抓海豬。

＊　＊　＊

「你說那些青年雜勤人員怎麼了？」

「有些人覺得太無聊，所以休假時想去釣魚。」

「那些人是腦袋有問題嗎？」

明明基地都還沒建好，身為司令官的我——艾黎頓三級將官就面臨了新的考驗。

姑且不論能力，那些青年雜勤人員一點幹勁也沒有，有些人甚至開始說休假時想去海上釣魚。

「那些人真的理解我們目前的狀況嗎？」

「應該不了解吧……還是就算知道也不想管？」

「不管是哪邊都一樣糟糕。」

「說得也是。」

副官帕梅爾三級佐官受不了似的回答。

他們是一群與其說是失業，不如說是無法就業的年輕人，民權黨以提供援助的名義將他們送來這裡，但他們全都毫無幹勁。

依照契約，他們只要在指定期間內以雜勤人員的身分工作，就一定能獲得事先決定好的薪水。

然而，契約上並未記載個人能力與工作完成度等項目。

因此他們根本不需要有幹勁，說得更極端一點，就算基地沒蓋好也沒關係。

畢竟他們只要待在這裡就有錢拿。

而且，他們並非正職人員，只要時間一到就會被解僱。

所以，就算要他們認真工作也沒用。

民權黨的那些人只是想要政府有僱用年輕人這個事實，從這個角度來看，這些年輕人或許也算是犧牲者。

不過，我很清楚一件事。

那就是最大的受害者其實是我們防衛隊。

「真是亂搞一通。政府到底什麼時候才要開始和赫爾穆特王國交涉？」

「這個問題的答案大概只有老天知道吧。」

「我明白了。政府官員們和那些青年雜勤人員根本是半斤八兩。」

「是啊。不過，那些政治家已經不年輕，所以沒機會改過自新了。」

「說得真是太有道理了。」

這點程度的諷刺應該無傷大雅吧。

總而言之，在那些青年雜勤人員當中，有些人似乎覺得放假時也要待在島上非常無聊。

民權黨的政治家們有特別下令，必須讓這些青年雜勤人員好好休假。

那些蠢蛋自詡為勞工的同伴，所以當然要遵守勞動法規。

不對，防衛隊也明白過勞會增加發生意外事故的機率和降低作業效率，所以有好好管理每個人的勞動狀況。

那些青年雜勤人員的問題是工作明明做得不好，卻一直在抱怨，讓我們非常傷腦筋。

「這個群島的周圍有許多大大小小的船隻在監視……」

「雖然我不認為我們會打輸，但周圍全都是敵人……」

「帕梅爾三級佐官，他們還沒正式被認定為敵人。請注意你的發言。」

「失禮了。」

如果正式將對方認定為敵人，就非常有可能引發戰爭。

所以發言時必須謹慎小心。

而且我們防衛隊是採文人治軍。

沒有政府的命令，防衛隊不能將其他人認定為敵人。

我們已經先擅自在王國的領地建設基地了，要不要將他們視為敵人，可是關係到魔族的尊嚴和羞恥心的問題。

這終究只是我個人的意見，我不知道政府官員們的心裡在想什麼。

「唉……不過，如果不這麼說，那些傢伙真的會跑去外面玩……」

「簡直像在作惡夢一樣……」

如果把他們送到那種海域，對方才不會管他們是不是在休假。

到時候情況一定會演變成戰鬥吧。

「叫他們乖乖待在島上！」

「我們正在加強巡邏。」

雖然這是魔族的特性，但那些青年雜勤人員最麻煩的地方，就是所有人都能使用「魔法」。

就算是魔力較少的人，也擁有足以和人類的中級魔法師匹敵的魔力。

許多人都有透過古代文獻得知這一點，所以或許會有人得意忘形地對人類施放魔法。

「所以我才說不需要什麼青年雜勤人員……」

魔族全都是強大的魔法師。

一部分的魔族依據這個事實，主張應該「攻打大陸」。

不過，防衛隊的人數並沒有多到足以攻打大陸。

防衛隊名副其實，從很久以前就不再是能夠攻打其他國家的軍隊了。

再加上魔族的人口十分稀少。

即使在戰爭中獲勝，一旦出現死者，就會讓輿論沸騰。

在我國已經很久沒聽到戰爭或陣亡者之類的詞彙。

搞不好即使只有幾人陣亡，也足以逼內閣總辭。

而且，大部分的民眾對侵略和戰爭都是抱持否定的態度。

明明已經因為人口減少而持續放棄土地了，根本沒有必要去攻打其他國家。

一些民眾和有識之士也主張這次的作戰缺乏法律根據。

「帕梅爾三級佐官，我偶爾會想，為什麼是由我擔任司令官呢？」

「……」

或許是這個問題很難回答，帕梅爾三級佐官一直保持沉默。

反正我原本就不期待他認真回答。

坦白講，我一點都不想參與這種作戰。

只要別犯下什麼大錯，就能拿到退休金和年金……雖然隨著高齡化與少子化的現象愈來愈嚴重，最近請領年齡提升和退休金減少的事情都掀起議論……但應該還是夠我正常生活吧。

「在那些青年雜勤人員當中，也有人莫名地非常擅長魔法。」

「因為很閒吧……」

幾萬年前，魔族建立了靠力量（魔法）逼迫對手服從的野蠻社會。

隨著魔導技術日益進步，社會的統治體制變得洗鍊，社會開始出現疏遠鑽研魔法者的傾向。

相較之下，還是認真念書考上好學校、通過證照考試，以及磨練和朋友的溝通能力，對求職比較有幫助。

雖然還是需要魔力來維持社會體制和基礎設施的運作。但魔導技術的進步讓每年需要的魔力量逐漸減少。

魔族和人類不同，從懂事時起就擁有一定程度的魔力，所以不需要特別訓練。

反倒是如果不先累積一定的學歷和技能，根本找不到工作。

雖然就算滿足這些條件，還是有一半的年輕人找不到工作，逐漸形成社會問題。

在這些失業的年輕人當中，有些人為了消磨時間而熱衷於修練魔法。

偶爾也會有為了消除對社會的不滿而在街上鬧事的「憤怒年輕人」，但那些人立刻就會遭到逮捕。

因為包含防衛隊在內的治安維持組織，會僱用一些認真又可靠的年輕人進行戰鬥訓練。

失業的年輕人們也不是沒飯吃，所以很少有人會出來鬧事。

只是因為媒體會將這些為數不多的年輕人稱作「社會的犧牲者」，利用他們來批評政府，才顯得問題好像很嚴重。

「其實我弟弟也沒有工作……他數落葉數到膩後，就開始練習魔法了。明明就算練習魔法，對找工作也沒幫助……雖然我的父母都拜託我想想辦法，但我又沒那種人脈……」

看來帕梅爾三級佐官家也過得很辛苦。

「只要當上將官就會有人脈了吧？」

「不，至少我是沒有。我兒子是在私人企業上班。」

幸好我兒子努力當上了上班族，但因為待遇非常糟糕，他每天都一臉疲憊。

年輕人們與其說是不工作，不如說是無法工作。

而在數量稀少的職缺中，大多都是被稱作「黑心企業」、待遇非常糟糕的公司。

許多年輕人都在那種工作環境中被逼到自殺或得憂鬱症，所以有些年輕人開始覺得不用勉強出去找工作。

年長者抱怨：「我以前的工作環境更糟糕，但我還不是在工作！現在的年輕人真不中用！」年輕人們則是瞧不起那些「拿以前的事情自誇的老頭」。

唉，其實以前待遇好的企業反而比較多……

按照我已故祖父的說法，雖然以前也有許多逼人拚命工作的公司，但相對地薪水也很高。

因此，我國這幾百年來一直在吵些空虛的事情。

這就是所謂的代溝吧。

「話雖如此，如果為了掩蓋這些矛盾而攻打大陸，只會讓狀況變得更糟吧。」

「那樣反而會為魔族招致衰退吧……」

如果無法好好統治占領的土地，數量稀少的魔族可能會被人類趁其不備，就這樣死在大陸上。

正因為明白這一點，上層的軍官才被那些愚蠢政治家的主張搞得非常辛苦。

「幸好我不是軍官……」

就在我想著這些事情時——

「不得了了！有三名人員逃脫！」

負責警備的二級佐官衝了進來。

好像是有三名青年雜勤人員擺脫監視逃到島外了。

「不過，他們是怎麼做到的？」

「是從海裡……」

如果使用「飛翔」離開這裡，馬上就會被人發現並抓回來。

所以，他們三人似乎是利用「水中呼吸」的魔法逃到島外。

「有辦法追蹤嗎？」

「不過，想追蹤他們非常困難……」

如果隨便移動船，會刺激到在這座島周圍警戒的人類們的船隻。

話雖如此，讓貴重的人員只靠魔法追蹤他們也很危險。

「如果讓那三個人遇難，我們就會遭到眾人批評。」

「那群笨蛋！」

我頓時感到一陣頭暈，或許再也沒有比我更不幸的司令官了。

＊　＊　＊

「哈哈哈哈！找到了！乖乖被我們抓到，然後被我們吃掉吧！」

隔天，我們配合導師的任性出海抓海豬——也就是鯨魚和海豚。

我命令其他漁船像平常那樣捕魚，只讓一艘船航向外海。

「威爾，我們離泰拉哈雷斯群島愈來愈近了。」

「不用擔心！現在離那裡還很遠！」

導師大聲否定艾爾的擔憂。

正常來講，應該是由年長者勸年輕人不要太莽撞，我們的狀況卻完全相反。

「海豬啊……」

對我來說就是鯨魚吧。

我還在當上班族時曾被帶去鯨魚料理專門店，自己也經手過這類商品。

雖然我覺得鯨魚肉很好吃，但也有很多人不贊成食用鯨魚肉，算是一種相當難處理的商品。

因為現代日本人能吃的肉有很多種，所以鯨魚肉不怎麼暢銷，賺不了多少錢。

有些年長者會「懷念」鯨魚肉的味道，但令人難過的是，也有人覺得「現在有這麼多種好吃的東西，沒必要執著於鯨魚肉」。

吃鯨魚肉或許算是文化的一部分，但隨著食物的選擇逐漸多樣化，愈來愈少人重視這項文化也是事實。

如果能在這個世界穩定地捕到鯨魚，或許能夠當成一門生意經營。

「威爾大人，海豬身上能利用的部分很多，非常值錢呢。」

「這樣啊。」

依照薇爾瑪的說明，這個世界似乎也會用鯨魚油點燈。

其他部位也能成為各種商品的原料，所以只要有人捕到鯨魚就會立刻被買走。

「泰蕾絲，你們國家的人會抓海豬嗎？」

「瑞穗人會用魚叉捕海豬。因為過程非常危險，能捕到的量也不多，所以菲利浦公爵領地的人很少吃海豬肉。聽說有很多瑞穗人愛吃，所以大部分的海豬肉都只在瑞穗領地內流通。」

瑞穗人和日本人很像。

所以，他們或許很常吃鯨魚和海豚。

「為了讓導師滿意，我們就好好努力吧。」

「貴族大人，趕緊開始探索吧。」

話雖如此，前提還是必須先找到鯨魚。

漁夫操縱船隻不斷移動，尋找鯨魚群。

「貴族大人，您看那裡！」

我本來以為有可能找不到，但或許是因為這個世界的人很少捕鯨，所以鯨魚的數量非常多。

我們看見十幾隻鯨魚悠閒地在海裡游泳。

「要用魚叉攻擊牠們嗎？」

「是這樣沒錯……」

當然，我們的船首沒有裝魚叉槍，如果讓導師施放大規模魔法又會把鯨魚燒成焦炭，所以只能讓伊娜投擲附繩索的長槍。

「距離有點遠呢……」

話雖如此，伊娜巧妙地灌注魔力投出的長槍，仍順利命中在海裡游泳的鯨魚。

身體被長槍刺中的鯨魚用力掙扎，但導師和薇爾瑪用自豪的怪力拉住繩索。

「大餐，別想逃跑。」

「喔喔！真有活力呢！」

一般人應該早就被拉下海了，但如果是導師和薇爾瑪就不需要擔心。

「薇爾瑪，我也來幫忙。」

「雖然我不知道自己幫不幫得上忙。」

然後，露易絲和卡琪雅也利用魔力提升自己的力量過來幫忙了。

被長槍刺中的鯨魚持續掙扎，但還是逐漸被拉向我們的船，等距離縮短到約一百公尺時，我用「雷擊」魔法將鯨魚電暈。

這是我由「區域震撼」改良而來的魔法。

給暈倒的鯨魚最後一擊後，我把鯨魚收進魔法袋裡。

再怎麼說船上的空間還是不夠，所以只能等之後再解體。

「下次讓在下來扔！」

我們開始用上述的方法捕捉鯨魚。

無論是拉起被長槍刺中的鯨魚，還是用魔法給鯨魚最後一擊，導師全都親自試了一次，玩得非常開心。

「大豐收呢！」

「帶回去後再讓漁夫們肢解拿去賣吧。」

「難得一次捕到這麼多隻海豬呢。」

之後過了約半天的時間，我們順利捕到了許多鯨魚。

因為大部分的成員都能使用魔法攻擊，所以我們捕到的量甚至還比一些老練的漁夫集團多。

「不過，果然還是要有魔法袋才行……」

「不然沒地方放呢。」

沒什麼事情做的艾莉絲，開始試著用鯨魚肉和鯨魚油在船內做料理。

「畢竟泛用型魔法袋很貴呢……」

「嗯。」

只有大船有辦法載捕到的鯨魚。

不過，一般漁夫很難準備那麼大的船。

小船只能用繩子拉捕到的鯨魚回去，如果沒好好監視會被鯊魚吃掉，導致商品價值降低。

如果引來的是鯊魚，頂多是鯨魚會被吃掉，但如果引來的是海龍，連漁夫都會有危險。

鯨魚的身體很大能賣很多錢，只是牠們打不贏海龍或其他同樣大小的魔物。

牠們沒有很強，不過還是比地球的鯨魚凶暴，有些鯨魚在感覺到生命危險時還會用身體撞船，就是這些原因導致牠們的捕獲量很低。

「如果想穩定捕鯨確保食用肉，也能夠考慮培育這項產業。讓鮑麥斯特伯爵家研究看看吧。」

「伯爵大人，我們姑且是為了戰爭而來。」

「話雖如此，霍爾米亞藩侯那邊一點消息也沒有吧？」

他們不知為何甚至還沒開始與魔族交涉，所以無事可做的我們才會以徵調糧食的名義出海釣魚。

「差不多可以回去了吧。」

「貴族大人，有遇難者。」

就在我們準備回去時，負責監視的漁夫在遠方發現了疑似木筏的物體。

我從魔法袋裡拿出望遠鏡確認。

然後，我發現有艘木筏浮在海上，還有三名男子在上面休息。

「他們為什麼會出現在這裡？」

「我沒聽說有船遇難啊。」

漁夫們都有參加公會，如果出海前有收到船隻遇難的情報，公會一定會告知他們。

這是因為只要有事先提醒，他們捕魚時就有機會發現遇難的船隻或船員。

「是監視泰拉哈雷斯群島的小型漁船遇難了嗎？不管怎樣，都必須先去救他們。」

拯救遇難者是所有在海上航行者的義務。

聽見泰蕾絲這麼說，漁夫們將船靠近木筏。

然而，當船來到木筏附近時，我們發現他們的耳朵都很長。

「是魔族！不過，為什麼沒有感覺到他們的魔力？」

「布蘭塔克大人，他們的魔力似乎耗盡了！」

因為那些魔族的魔力已經耗盡，所以連布蘭塔克先生都沒察覺到他們的存在。

從導師的表情來看，他也覺得自己疏忽了。

「貴族大人……他們是魔族嗎？」

我們早就因為厄尼斯特而習慣了魔族，但漁夫們就不一樣了。

他們第一次見到只有聽過傳聞的魔族，害怕到讓人覺得可憐的程度。

「唉，冷靜點。」

如果這時候表現得太害怕，反而會讓對方產生警戒。

而且既然他們的魔力已經耗盡，現在其實不需要那麼提防他們。

我正常地向他們搭話。

「你們遇難了嗎？」

「嗯？是人類嗎？第一次見到呢。」

「真的耶，他們的耳朵好短。」

「不如說真的只有耳朵不同呢。」

三名年輕魔族男子都穿著類似連身工作服的衣服。

他們看見我們也沒有擺出警戒的態度，反而對第一次見到的人類充滿興趣，感覺他們應該不是軍人。

「你們的魔力耗盡了嗎？」

「是啊，我們在放假，因為太閒了就出島看看。如果飛在空中會遇到人類的船，我們才試著搭船出海，但畢竟是第一次嘗試，沒想到耗費的魔力比預期的還要多。所以，我們正在休息。」

「那要來我們這邊休息嗎？我們剛捕完海豬，正準備試做料理。」

「說得也是，難得有這個機會，就麻煩各位招待了。」

魔族們以乾脆到令人傻眼的態度，接受了我們的邀請。

我們帶他們來到船內，請艾莉絲準備瑪黛茶。

「這艘船的女孩子比例好高！」

「真令人羨慕。我們這些青年雜勤人員男女必須強制隔離。早知如此，還不如留在家裡看書。」

這又不是校外教學！」

「你該不會很受女孩子歡迎吧？」

三名魔族當中，身材修長的青年叫摩爾．克林特。

身高不高但體格結實的青年叫拉穆爾．艾頓。

頂著顯眼光頭的青年則是賽拉斯．赫庫托爾。

他們看起來真的就像普通青年。

「我叫威德林・馮・班諾・鮑麥斯特。」

「呃，你是貴族嗎？」

「我是擁有領地的伯爵。因為這次的騷動，才以援軍的身分過來支援。」

「咦？可是你明明在捕魚？」

摩爾以困惑的眼神看向明明是來增援，卻在捕鯨魚的我們。

「這也沒辦法。因為雙方一直不開始交涉。軍隊就算什麼都不做也會消耗糧食，所以我們才忙著執行徵調糧食的任務。」

「畢竟軍隊就是個花錢的東西。我們的防衛隊好像也常為了經費和補給的事情傷腦筋呢。」

「基地的建材費用也很不得了吧。」

「好像是。因為缺乏預算，所以到現在都還很辛苦呢。」

「畢竟市民團體從很久以前就一直吵著要廢除防衛隊。」

不知道為什麼。

摩爾他們的談話，讓我想起來到這個世界之前的事情。

「無論是人類或魔族，預算都不夠用呢。」

「看來雙方都有著相同的辛苦呢。」

他們在軍事方面果然是外行人。

我只是隨便誘導一下，他們就開始說個不停。

「雖然只有海豬料理，但我請你們吃飯吧。」

「聽起來不錯呢。」

「在我們國家捕鯨，可是會被環保團體抨擊呢。」

「他們偶爾還會和漁夫起無意義的衝突。我有在新聞上看過。」

原來魔族是直接稱海豬為鯨魚。

不過，這三個人講的話，讓我陷入一種彷彿回到了地球的錯覺。

魔國的社會體系，似乎跟我前世待的地球非常相似。

如果是這樣，跟他們開戰果然會很危險。

如果正常戰鬥，應該沒機會贏吧。

光是明白這點就算是有收穫了。

「（喂，伯爵大人。）」

「（好好跟他們閒聊，趁機收集情報吧。）」

「（他們看起來不會對人造成危害。在下同意鮑麥斯特伯爵的方針。）」

「（說得也是。但姑且還是警戒一下吧。）」

既然雙方到現在都還沒開始交涉，為了讓事情有所進展，我們必須要收集情報。

聽完我的說明後，布蘭塔克先生和導師都表示贊同。

「（就算要警戒，他們都是外行人吧……）」

曾經經歷過內亂的伊娜已經不能算是外行人了，但她似乎不認為摩爾他們會執行什麼特別的任務或攻擊。

即使如此，我還是提醒艾莉絲她們不能與魔族獨處。

「全部都是有夫之婦！」

「全部都有小孩了！」

「不能與未婚男性獨處！在我們國家已經找不到這麼羞怯的女性了！」

為了避免讓摩爾等人感到不悅，我表示艾莉絲她們是有夫之婦，所以不能和其他男性獨處，讓他們大為驚嘆。

「真羨慕鮑麥斯特伯爵……你根本是究極的人生勝利組吧。」

「我的生活其實還是滿辛苦的。」

「這點不管是人類或魔族都一樣吧。」

此時，艾莉絲她們端著料理過來了。

她們試著用鯨魚做了生魚片、火鍋、炸魚肉、串炸、燉魚和烤魚肉，摩爾他們都吃得津津有味。

「女孩子親手做的料理真是太棒了！」

「畢竟在我們的國家，很多女性都不會做菜。」

「雖然料理好不好吃還是要看技術，但女孩子做的果然不一樣。」

摩爾他們都開心地不斷吃著鯨魚肉料理。

「你們出島時都沒帶吃的東西嗎？」

「為了以防萬一，我們是有準備啦。」

負責背行李的拉穆爾，從背包裡拿出真空包裝的即食食品和罐頭給露易絲看。

魔國果然和地球非常相似。

「你們都吃這種銀色的東西嗎？」

露易絲似乎不曉得怎麼吃罐頭和真空包裝的即食食品。

她拿著這些東西，一臉困惑。

「露易絲，要先把包裝打開。」

「好厲害……居然把料理裝在金屬容器裡。」

拉穆爾用自備的開罐器開了幾個罐頭給露易絲看。

燉牛肉、焗烤料理、泡菜，甚至還有罐頭麵包。

「原來不用魔法袋也能保存麵包。不過，為什麼不用魔法袋呢？」

「是因為一些大人的原因。」

根據拉穆爾的說明，魔國的食材似乎供過於求。

「在這種狀況下，用魔法袋保存糧食只會讓糧食愈積愈多。所以農業業者、畜牧業業者、漁夫、食品製造商和餐廳都禁止使用魔法袋。防衛隊有僱用全職的廚師，所以這只是用來以防萬一的緊急糧食。」

「真的有辦法全面禁止使用魔法袋嗎？」

「有一種能用來探測魔法道具的裝置，農林水產省的官員會定期進行調查。偶爾還會有經營狀況不佳的餐廳，因為偷用魔法袋被逮捕呢。」

「有吃不完的糧食，簡直就像在作夢一樣。」

「是嗎？拜此之賜，食品相關的工作都能輕易創業，但也很快就會倒閉，不如說這樣反而讓人們的生活變得不穩定和容易失業……只有大企業是例外。」

魔國是靠補助金來解決糧食價格低落的問題，但這些錢都是源自於人民的稅金。

拉穆爾告訴露易絲，不是只要能生產出很多東西就好。

「我第一次吃鯨魚肉，真好吃呢。」

「是因為做料理的人廚藝很好吧。」

「謝謝誇獎。」

艾莉絲向稱讚自己廚藝的拉穆爾道謝。

「鮑麥斯特伯爵的妻子都是美少女，真令人羨慕！」

吃完飯後，我們享用著點心和茶，繼續聊天。

總而言之，即使只是閒聊的內容，也會成為重要的情報。

根據他們的說法，雖然魔國長年沒有經歷戰亂，生活非常和平，但受到少子化和高齡化的影響，人口依然持續減少。

政治方面主要有國權黨和民權黨兩大政黨，以及其他小規模政黨，是採取透過選舉選出政治家的民主主義。

雖然他們的魔導技術遠遠凌駕王國和帝國，但由於經歷了漫長的和平時期，軍事技術沒想像中那麼進步。

不過，他們還是配備了魔槍和魔砲。

而且他們的魔導飛行船無論是防禦力、機動性還是火力，都遠遠凌駕人類的魔導飛行船，「琳蓋亞號」根本不是他們的對手。

魔族全都是魔法師，所以只要他們有那個意思，或許有可能征服大陸。

簡單來講，就是他們因為長年沒經歷戰爭而搞不太清楚狀況，但如果惹他們生氣，人類國家或許會滅亡。

「早知道就不聽了。」

「就是啊。」

聽見薇爾瑪和卡特琳娜的真心話後，大家都在心裡點頭贊同。

雖然厄尼斯特之前也有跟我們講過一樣的話，但這樣他提供的情報可信度就更高了。

「不過，我覺得大部分的魔族都討厭戰爭。」

「是嗎？」

「即使大企業和政治家利用媒體煽動大眾，主張年輕人的工作可能因此增加，但只要看青年雜勤人員的狀況就知道，我們依然是隨時能夠替換的兼職人員。而且就算維持現狀，日子也不會過不下去。」

「無論是國權黨或民權黨，都無法輕易改善失業率。大家都冷眼看待這個現實。」

「該怎麼說才好，這些人真是缺乏霸氣。」

「講是這樣講，如果魔族都喜歡戰爭，會在占領其他國家後壓榨人類，而人類只要反抗就會被殺光，這樣會比較好嗎？」

「那種時代在好幾萬年前就結束了。」

「沒錯，誰要成為那種只會出現在古代文獻裡的魔族啊。」

身為前菲利浦公爵的泰蕾絲，似乎對這三個無論是好是壞，都只能用毫無霸氣來形容的三人有很多意見。

然而，只有我對這三個人抱持好感。

如果只因為是魔族就以征服世界為目標，那我穩定的生活——姑且先當作現在很穩定——就無法繼續維持下去了。

再來是這些人的思想跟地球人很像，讓我覺得很好相處。

「我已經明白魔國的狀況了。那為什麼還沒開始交涉？」

「因為我們國家最近才剛經歷政權交替。」

「啊？剛政權交替跟無法開始進行外交交涉有什麼關係？」

布蘭塔克先生似乎無法理解賽拉斯的說法。

「我們國家原本就沒有負責外交的部門，雖然民權黨久違地實現了政權交替，但他們缺乏執政的能力。」

「為什麼那樣的人能夠在選舉中獲勝啊……」

不了解民主主義的布蘭塔克先生，應該完全無法理解普遍選舉的體制吧。

也無法理解那種體制造成的影響……

「因為每四年就會舉辦一次選舉，所以無能的人立刻就會被看穿，在下一屆選舉中落選。雖然這麼說可能有點失禮，不過即使是由無能的人繼承了貴族家當家或國王的位子，還是有可能要過幾十年才能換人吧？」

「如果真的太糟糕，家臣們還是有可能將其監禁起來啦。」

政治體系的好壞不管吵多久都不會有結論，這是基本常識。

但共通點是如果領導人不夠優秀，就無法發揮體系原本的功能。

「伯爵大人覺得如何？」

「咦？不管怎樣都取決於運用體系的人吧。我覺得各有優缺。」

我覺得採取什麼樣的政治體系都無所謂，或許問題其實是出在想批評或介入其他國家政體的人身上。

如果因為有人多管閒事引發戰爭，並造成許多人犧牲，那一切就沒意義了。

「或許伯爵大人意外地適合當政治家呢。」

「怎麼可能。」

我只是受到前世的影響，多少懂一點這方面的知識而已。

如果靠這些一知半解的知識參與政治，絕對不會發生什麼好事。

那樣才真的會變得跟那些被他們三人覺得無能的民權黨的人一樣。

「很慶幸能夠聽到這麼有趣的事情。你們真的是幫了大忙。」

雖然我並不會想積極參與交涉，但情報在各方面都非常有用。

如果我無視王家和霍爾米亞藩侯，自己出風頭也不太好，所以我只想把這些情報當成參考。

「那麼，你們回去時小心一點。」

「咦？我不打算回去喔。」

「我也是。」

「反正回去也很無聊。」

「咦？」

三人表示不會回去泰拉哈雷斯群島，讓我們感到非常困惑。

「等等，你們不回去要做什麼？」

「鮑麥斯特伯爵看起來是個大人物，我們打算麻煩你照顧，順便觀光一下。」

摩爾他們覺得回基地也只能繼續做無聊的建設工作，所以表示想直接跟我們走。

「如果不回去，你們就拿不到錢吧？」

「我們沒有那麼缺錢。只要有人願意支付日薪和適當的娛樂費，就算待在琳蓋亞大陸也無所謂。」

「我只是被父母叫去當青年雜勤人員，但那裡根本不是什麼好地方。」

「我們願意提供更多情報，請收留我們一陣子吧。我們會自己找個適當的時機回去。」

「……」

這三個人對自己的國家和同胞毫無忠誠心可言，連導師都傻眼到說不出話來。

但我能夠理解他們三人的想法。

「對了，鮑麥斯特伯爵，你知道嗎？青年雜勤人員的日薪只有六千四百元。而且還要扣掉稅金、健康保險和年金。」

「根本就是窮忙族。」

那似乎只是用來暫時緩解年輕人失業率的政策，所以待遇不怎麼好。

不過，假如「元」這個單位和日幣的「圓」一樣，外加食衣住都免費，好像其實還不錯。

不過，那應該算是兼職吧。

雖然我以前是社畜，但好歹也是正職員工……或許還比青年雜勤人員好一點。

「等這次出兵結束，我們就會失業了。根本是用完就丟。」

「這樣啊……」

我產生了一種彷彿回到前世世界般的懷念感和空虛感。

這麼說來，我在來到這個世界前曾參加過國中的同學會，發現許多以前的同學都在當飛特族或派遣人員。

無論在哪個世界，年輕人都生活得很辛苦呢。

「雖然不知道六千四百元的實際價值，但可以用金幣或銀幣換錢嗎？」

「沒問題，城裡的回收店可以幫忙換錢。」

明明是魔國，卻與地球十分相似，這個現實讓我在心裡思索了一會兒。

最後，在海上獲救的摩爾他們還是跟著我們走了。

因為這件事不能公諸於世，我讓他們把耳朵藏起來，在小型魔導飛行船裡生活。

我告訴他們還有一個跟他們同族的人住在我這裡後，就用「瞬間移動」把厄尼斯特帶來了。

令人意外的是，摩爾他們居然認識厄尼斯特。

「啊，是老師。」

「老師還活著啊。我看新聞說你去探索位於偏遠地區的遺跡，很可能已經遇難喪生了。」

「老師果然沒有工作呢。」

這個世界或許意外地小。

「你們認識嗎？」

「沒錯。吾輩在來到這個大陸前，在某間大學當教授。這三人當時都有參加吾輩的研究小組。」

「明明接受過高等教育，卻還找不到工作嗎？」

「夫人，教育程度過高也是有缺點的。因為能提供給高學歷人士的職缺有限，如果他們是以這種職缺為目標，就算替他們介紹一般工作也會被拒絕。這個現象在我國被稱作職位錯配。」

「魔國也很不容易呢。」

王國和帝國的大學都只有一間研究院。

雖然要經過嚴格的選拔考試，但只要能畢業就不怕找不到工作。

所以三人明明念過大學卻找不到工作這件事，讓艾莉絲覺得難以置信。

「話說吾輩的研究小組的學生，都沒人找到工作嗎？」

「不。戴米托爾考上了公務員。霍斯特則是進了與考古學完全無關的公司。米安則是在鄉下過著自給自足的生活。」

「都跟考古學沒什麼關係……」

厄尼斯特的專業領域是考古學。

然而，他的學生全都沒從事和考古學有關的工作。

這在王國是不可能的事情，所以連艾爾都難掩驚訝。

「真是令人嘆息。考古學明明是研究古代睿智，至高無上的學問……」

「靠考古學根本養不活自己。」

「而且老師根本沒有任何企業人脈。」

「光是想在大學擔任講師就夠困難了。這種機會根本輪不到我們。」

厄尼斯特是名優秀的考古學者。

即使如此，他也無法擅自增加講師或助教的人數，考古學原本就對求職非常不利，就連研究都需要等待國家的預算支援。

因為政府最近都在削減預算，所以他似乎無法好好發掘遺跡。

「正因為如此，吾輩才會來這個大陸尋找新的遺跡和贊助者。」

從厄尼斯特因此協助紐倫貝爾格公爵來看，他真的是個徹頭徹尾的學者。

對他來說，研究遠比正義感和倫理道德重要。

「老師，真虧你有辦法偷渡出境。」

「雖然很不容易，但幸好吾輩的魔力夠多。」

為了躲過在岸邊與領海範圍內巡邏的防衛隊，厄尼斯特似乎是先在海中移動一段距離後，才用「飛翔」飛到大陸。

如此漫長的行程當然不可能一天就結束，他表示自己在海上度過了好幾天。

因為也不能搭乘魔導飛行船，這就相當於在地球上獨自橫跨大西洋，真不愧是魔力量極為龐大的魔族。

「吾輩不在的這幾年，故鄉有什麼變化嗎？」

「沒什麼大不了的，頂多就是國權黨在選舉中落敗了。」

「如果只有這樣，那真是太無趣了。」

「拜此之賜，我們才能應徵青年雜勤人員，並和老師重逢呢。」

「民權黨嗎？就是那些加入大學的自治組織，整天吵吵鬧鬧的人吧。那些人上大學後也完全不打算念書，真讓人傷腦筋。」

厄尼斯特原本就對政治沒什麼興趣，所以就算以前的學生向他報告故鄉的近況，他也表現得漠不關心。

此外，他對新政權底下的那些人也毫無好感。

「話雖如此，如果兩國開戰或許會影響吾輩發掘遺跡。鮑麥斯特伯爵，希望你能妥善處理。」

「為什麼是我？」

「既然身為伯爵，當然應該率先履行貴族義務。」

「這傢伙……」

「即使鮑麥斯特伯爵什麼都不做，如果是吾輩提出的報告，國王陛下應該也會願意過目吧。」

「……」

果然不該把這傢伙帶來。

＊＊＊

『主公大人，如果您討厭戰爭，就該盡全力阻止。』

「我已經算很努力了。主要是在釣魚方面。」

『不管怎樣，您都必須從軍。所以不如將情報傳達給王宮吧，這樣總比被捲入與魔族之間的戰爭好。』

「唉，真麻煩……」

我對著魔導行動通訊機另一頭的羅德里希嘆氣。

接受我照顧的魔族增加到四人後，雖然有助於我們了解目前的狀況，但問題仍堆積如山。

首先，魔國正在爭執該由誰負責外交交涉。

魔國內部甚至還有人主張進軍並侵略琳蓋亞大陸，藉此擺脫國內目前停滯不前的狀況。

除此之外，「琳蓋亞號」似乎還先用了魔法，攻擊勸告他們遠離領空的防衛隊船隻。

『雖然艦長難辭其咎，但是誰使用了魔法？』

「根據情報，好像是擔任副艦長的貴族家少爺。」

『那位被當成麻煩人物的伯爵之子啊……』

「羅德里希，你真清楚呢。」

『只能說鄙人有鄙人的門路……』

羅德里希似乎在不知不覺間建立了能夠獲得王宮情報的管道。

他知道普拉特伯爵家的兒子是個麻煩人物。

大概是透過盧克納財務卿的管道吧？

「好像還被那邊的新聞大肆報導了呢。」

雖然那個魔法的威力並不強，根本傷不了魔國魔導飛行船的厚重裝甲，但仍算是攻擊行為。

「琳蓋亞號」也因此遭到反擊，然後被拘留。

這些都是摩爾他們提供的情報。

根據新聞報導，那位普拉特伯爵家的少爺，似乎還在被訊問時任性地主張：「我是下一任普拉特伯爵，所以應該給予我符合身分的待遇！」讓負責訊問的人相當困擾。

「魔國的新聞似乎還將這個事件評為『靠家世成為貴族的任性少爺的危險遊戲』。」

『這個評價非常恰當。』

即使同為王國貴族，我還是完全無法替他說話。

雖然我不認識那傢伙，但我非常討厭他的父親普拉特伯爵，所以也一點都不想去救他。

唉，如果在地球發生了相同的事情，新聞應該也會這麼寫吧。

那些擁有特權意識、任性又傲慢的貴族，對媒體來說是最適合批評的對象。

「不過，就算把這些事情告訴陛下也沒意義吧？」

『說得也是……』

沒有確切的證據能夠證明這是事實。

如果有人主張這是魔族為了陷害赫爾穆特王國設下的陷阱，那說了也等於白說。

「實際上，也真的會有人這麼說吧。」

尤其是主張開戰的普拉特伯爵。

事到如今，他就算撕破了嘴也沒辦法承認「都是我兒子的錯」吧。

在王國貴族中，有不少人在思考攻打魔族居住的大陸的可能性。

搞不好我們還會被懷疑是魔族的手下，然後遭到攻擊。

『如果是這樣，那魔國還沒決定負責人這件事反而幫了我們呢。』

「那麼，鮑麥斯特伯爵打算怎麼做？」

「繼續維持現狀吧。」

我如此回答厄尼斯特的問題。

魔族讓空中艦隊從泰拉哈雷斯群島撤退，王國承認普拉特伯爵家的少爺是「琳蓋亞號」拘留事件的罪魁禍首並公開道歉，然後雙方締結公平的通商條約。

這些事說起來簡單，要做到卻很困難。

「鮑麥斯特伯爵，你打算怎麼辦？」

「果然還是太麻煩了，把所有的事情都告訴陛下吧！」

對導師說完這些話後，我們立即用「瞬間移動」前往王宮。

厄尼斯特和摩爾也把耳朵藏起來與我們同行，但導師已經事先和陛下聯絡過，所以士兵們也沒有多問。

「鮑麥斯特伯爵，你的運氣還是一樣讓人搞不懂是好還是壞呢……」

這次的謁見沒有讓任何閣僚參與。

雖然這算是非常罕見的狀況，但因為有導師擔任陛下的護衛，所以特別獲得了許可。

「我們也不是一直在打混。」

王國派出了由外務卿擔任團長的外交團，但雙方的交涉一直沒有進展。

外交團的成員們正被安置在魔族艦隊的旗艦裡，雖然他們能夠和王宮進行通訊，但每天的回報都是「請再稍等一下」。

「魔國現在的狀況到底是怎樣？」

陛下定期會收到由厄尼斯特提供的情報，但他表示即使政體不同，連交涉都還沒開始依然讓人很傷腦筋。

「關於這部分……」

摩爾他們提供的情報，讓陛下嘆了口氣。

他對把耳朵藏起來的四名魔族沒什麼興趣。

畢竟現在不是在意這種事的時候，而且那四人都不是政治家。

只有持續提供魔族情報的厄尼斯特，讓他稍微有點在意。

如果事情鬧得太大會被其他貴族發現，所以陛下也可能是刻意裝作沒有興趣。

「政權剛交替所以正陷入混亂？唉，王國以前也不是沒發生過類似的事情。」

政治情勢因為國王和閣僚交替而陷入混亂，導致王國明明正與帝國處於戰爭狀態，卻遲遲無法進行停戰交涉。

以前似乎也發生過這種事。

「不過，真傷腦筋。」

西部已經動員了大量人力，王國軍也派出了一部分的兵力和空軍，還有些貴族跟我們一樣派出了魔法師和魔導飛行船，明明什麼事都沒做，卻還是得持續消耗資金和物資。

難得內亂削弱了帝國的國力，讓王國各地能夠陸續投入心力進行開發。

對陛下來說，這次就像換王國遭遇困境。

「話雖如此，即使派鮑麥斯特伯爵去進行交涉也沒有意義。」

就算派我過去，我也只能跟一開始派去的外交團一樣被迫待命，而且這麼做還會惹外務卿他們不開心。

我並不隸屬於外務派閥，那麼做明顯是侵害了他們的職權。

「雖然很感謝你帶來了新的情報，但真是讓人傷腦筋呢……」

陛下說完這些話後的隔天，交涉總算有了進展。

一艘新的魔導飛行船從魔國來到了泰拉哈雷斯群島，船上似乎載著政府的外交團。王國的外交團立刻收到要開始交涉的通知。

「我有種不好的預感……」

「威爾的這種預感經常應驗呢。難道是交涉會陷入困境嗎？」

伊娜也露出擔心的表情，但我們現在什麼都沒辦法做。

我們早上起床後進行各種修練，同時照顧小孩，今天沒有要出海捕魚，我們一起前往賽利烏斯觀光。

「這裡充滿了異國風情呢……」

「機會難得，吃些特產品看看吧。」

「該買什麼伴手禮給父母呢？」

這是為了摩爾他們安排的行程，他們由衷地享受著這趟第一次的國外旅行。

「吾輩的前學生們啊。你們想好中午要吃什麼了嗎？」

「既然來到了港口城市，當然要吃魚貝類吧！」

「除此之外，或許還有其他美食。」

「就交給老師請客了。」

「唉，是無所謂啦……」

看似孤傲天才的厄尼斯特，似乎也不討厭和以前的學生重逢。

他幫摩爾他們出了餐費和伴手禮的費用。

「老師真有錢。」

「因為我的工作有做出成果，所以鮑麥斯特伯爵有支付我薪水。」

他已經發掘出許多地下遺跡，讓我們獲得了各式各樣的發掘品，我也有付他合理的報酬。

雖然厄尼斯特腦袋裡只有研究，但他也不會忘記為贊助者提供利益。

就是因為會留意這些事情，他才能和那個紐倫貝爾格公爵合作。

雖然厄尼斯特平常都窩在書房裡，幾乎用不到錢，不過在這種時候，他也會隨機應變地盛大招待別人。

「要是有女孩子陪我們一起去就好了……」

「有啊。而且大家都很可愛呢。」

「話雖如此，她們全都是有夫之婦……這年頭外遇可是會被輿論抨擊得很慘。」

「確實如此。」

「別說外遇了，我們連結婚都有困難。」

「……」

遙是艾爾的妻子，其他女性則都是我的妻子。

魔族和人類幾乎沒什麼兩樣，所以與我們之間的差別似乎讓他們感觸很深。

不過，原來魔族只要外遇就會被抨擊啊。

愈來愈覺得似曾相識了……

「就算單身也不成問題吧。」

「那是因為老師根本已經把研究當成情人了……」

「我們也想要有個伴啊。」

「沒錢……就沒辦法結婚呢。」

魔國是採一夫一妻制，那裡的年輕人結婚率似乎持續下降。

雖然結不了婚的年輕人變多了，但摩爾他們還是想要有女朋友。

他們動不動就看向走在街上的年輕女性。

「仔細想想，沒工作應該很難交到女朋友吧。」

「除非是超級帥哥吧。要當小白臉嗎？」

「我們哪裡像帥哥了？還有，聽說小白臉意外地不好當呢。」

「「「「「……」」」」」

摩爾他們誇張的對話，讓艾莉絲等人啞口無言。

「各位目前都單身嗎？」

「在我們這個年代，百分之九十以上的人都是單身。」

「各位現在幾歲啊？」

「我五十四歲，拉穆爾和賽拉斯五十三歲。」

摩爾回答遙的問題。

魔族的壽命大約是人類的三倍，所以換算成人類年齡差不多是十八歲。

難怪他們的年齡看起來跟我們差不多。

「超過五十歲還是學生嗎？」

「沒錯。魔族都很長壽不是嗎？再來就是我們都沒有工作。」

義務教育是二十七年，然後是高等教育九年，大學十二年，雖然他們都沒有念研究所，但那似乎要念六年到十二年。

「有那麼多東西可以學習嗎？」

「不，只是當學生可以掩飾自己沒工作的事實。」

就算是魔族，也沒必要接受這麼長時間的教育。

不過，如果真的一完成必要的學業就出社會，會讓失業人數增加，所以才讓他們長時間維持學生的身分。

「這緩衝期還真長呢。」

「鮑麥斯特伯爵連這個詞都知道啊。」

「是啊。我們一個星期只需要去學校兩、三天。」

「偶爾還會忘記去。」

「但這樣還是不會被留級，還可以靠打工來消磨時間。」

摩爾他們笑著這麼說，但看來長壽的魔族也有屬於他們的煩惱。

「明明都是魔法師……」

「薇爾瑪小姐，雖然人類覺得魔法師很稀有，但魔族全都是魔法師。」

「根本不需要那麼多呢。」

如果他們不是魔族，應該馬上就能擔任官職吧。

「現在還是先忘了那些嚴苛的現實，好好享受觀光吧！」

當天大家都開心地觀光，但這種日子能持續到什麼時候呢？

這一切端看對方會如何行動，但目前就先這樣吧。

反正之後或許很快就會變得忙碌。

第四話　龍涎香

「這是什麼東西！好貴喔！」
「老師，這是蠟塊嗎？還是礦物或石頭？」
「你們明明是吾輩的學生，卻無知到令人嘆息。這叫做龍涎香。」
「龍涎香？跟龍有關係嗎？」
「以前的人是這麼認為的，但實際上這是在海龍的腸道內形成的結石，是一種非常昂貴的天然香料。」
「喔，這樣啊。」

我們今天也帶摩爾他們去逛街順便觀光，摩爾在看見某間店裡的高價商品後大吃一驚。
那間店裡賣的東西都很昂貴，除了我們以外沒有其他客人。
這是由灰色、琥珀色、黑色和白色等顏色構成的大理石嗎？
雖然看起來像蠟，但這價格實在太驚人了。
這種用途不明的東西，居然比相同重量的黃金還要貴上好幾倍。

知道這是什麼的厄尼斯特表示那是龍涎香。

我前世也有聽過這個東西，但還是第一次親眼看到實物。

畢竟那是鯨魚吐出來的東西，只有偶爾漂到岸上才能取得，在地球上算是相當昂貴的東西。

沒想到這個世界也有。

「（我記得龍涎香只能從抹香鯨身上取得……不過，在這個世界又是如何呢……）」

啊，厄尼斯特剛才有說是從海龍身上取得……跟地球不一樣呢。

「這位客人真有眼光。其實本店上次進龍涎香已經是三年前的事情了。」

「這東西這麼稀少嗎？」

「是的，能從幾百隻海龍的腸道中找到一塊就算是運氣好了。」

我至今打倒過許多隻海龍，但都不知道牠們的腸道裡有這種東西。

不過，海龍確實比鯨魚更像龍呢。

「鮑麥斯特伯爵，龍涎香可不是能夠輕易取得的物品。」

「這樣啊。」

「因為無法從健康的海龍腸道中取得。所謂的龍涎香，是有胃腸疾病的海龍吃下的魚貝類、鯨魚和其他水生生物在沒有被完全消化的情況下，持續留在腸道裡和腸液一起結晶化產生的產物。據說那個香味能讓人覺得彷彿置身天堂。在魔國，其價格可是相當於十倍重的黃金。」

無論是人類或魔族，都願意花大錢買龍涎香。

「健康的海龍身上找不到啊……那只要讓威爾把海龍抓回來，再讓牠酗酒變得不健康，不就能製造出龍涎香了嗎？」

艾爾……

我覺得事情應該沒這麼簡單。

「那個……艾爾先生。還必須要飼養那隻不健康的海龍好幾年才行。」

「說得也是！」

艾爾以外的人在艾莉絲指出這點前，就已經先想到了。

如果龍涎香這麼容易就能製作，那早就有人做這門生意了。

「本店也是睽違了三年才進到貨。而且在更之前可是有五年的時間都進不到貨呢。幾位客人有興趣嗎？」

這東西這麼難買到嗎？

難怪會這麼貴。

雖然我用不到。

當然，最後誰都沒有買。

「當然不可能買吧！」

「畢竟我們都沒工作。」

「也沒錢。」

雖然這些都是事實，但摩爾他們的發言還是讓人聽得很難過。
對我來說，沒有比失業更令人難過的詞了。
甚至連社畜都還好一點。
「就算有錢，也不會買那種東西。」
「是啊。如果有那些錢，不如拿來無所事事地過一輩子。」
「畢竟那東西只是聞起來很香而已吧？是用來撫慰精神嗎？那樣比起聞龍涎香，不如找間正經公司上班。」
「「「「「「「……」」」」」」」
我們原本是在討論這種話題嗎？
在摩爾他們的發言讓艾莉絲等人感到傻眼後的隔天。
一名負責統率漁夫們向我借船的老漁夫，來找我商量一件事。
「海龍的巢穴？」
「與其說是巢穴，不如說是賽利烏斯附近的一座島……雖然那裡實質上只是一塊大岩石，但最近有一群海龍開始在那裡棲息。」
「開始在那裡棲息？」
「大概是待起來很舒適吧？牠們現在大部分的時間都待在岩石上，只有狩獵時才會潛入海中。

一開始好像還只有兩、三隻……」
據說在北海道也發生過海獅占據漁場附近的岩塊或島嶼，造成高額漁業損害的狀況。
在這個世界則是換成了海龍。
明明幾十隻海獅聚在一起的景象就夠壯觀了，十幾隻海龍一起棲息在岩石上應該驚人吧。
漁夫們會害怕到不敢靠近吧。
「不能拜託霍爾米亞藩侯家驅逐那些海龍嗎？」
「我們才剛提出陳情，魔族就出現了……」
因為人手不足，導致無暇處理這件事情啊。
「那委託冒險者呢？」
「冒險者都討厭驅逐海龍。」
「這樣啊。」
「威爾，海龍是種比較微妙的目標。」
伊娜告訴我背後的原因。
「海龍的身軀非常巨大，只有實力夠強的冒險者隊伍能夠應付。讓實力不足的冒險者去挑戰海龍根本是有勇無謀，最後只會被吃掉吧。不過，相較於危險性，驅逐海龍的報酬非常少……」
雖然海龍不是魔物，但強度和飛龍與翼龍差不多。
明明需要很多人才能驅逐，但即使打倒海龍也無法獲得魔石。

同樣要冒風險，直接打倒飛龍與翼龍還比較賺。

「肉和鱗片等素材，當然也是飛龍與翼龍的價格比較高。」

雖然海龍的素材也能賣到高價，但還是比不上飛龍與翼龍等魔物。

因此，許多冒險者都討厭驅逐海龍。

此外，他們還必須駕駛船隻在不熟悉的船上戰鬥，這也會增加發生意外的風險。

海裡的海龍經常騷擾人類的漁場。

如果漁夫們無法捕魚導致稅收減少，會對領主造成很大的打擊，所以通常是由領主負責驅逐出現在人類活動海域的海龍。

「有那麼困難嗎？」

海龍不會飛，也不會發出吐息，身體也不像飛龍與翼龍那麼硬。

儘管海龍身軀龐大，但非常怕魔法，如果不考慮收入，牠們應該不是那麼難應付的獵物。

至少我是這麼覺得。

「薇爾瑪之前也一擊就砍斷了海龍的脖子。」

「不過，牠們對一般冒險者來說非常棘手。」

「說得也是。」

即使漁夫很擅長捕魚，他們也無法驅逐海龍。

既然如此，就只能交給我們處理了。

在這種情況下，我只擔心一件事。

「驅逐海龍原本是霍爾米亞藩侯家的工作。如果身為鮑麥斯特伯爵的我擅自介入，會不會惹來霍爾米亞藩侯的不悅？」

會因為這樣就不高興嗎？

雖然應該有很多人會這麼想，但這裡是霍爾米亞藩侯家的領地。

如果我無視身為領主的霍爾米亞藩侯擅自驅逐海龍，他將來或許會敵視鮑麥斯特伯爵家。

「老公，那樣會不會太誇張啦？」

「不……有這個可能……」

雖然卡琪雅覺得太誇張了，但艾莉絲作為霍恩海姆樞機主教的孫女，非常清楚大貴族之間的往來有多麻煩。

我前世推行新企畫時，曾疏於通知某位上司，那位上司激動地怒吼「我怎麼都沒聽說！」後，就變得很情緒化，甚至開始妨礙那個企畫……

那名上司是個地位崇高的長輩，但只要傷害到那種人的自尊心，就會造成很久的負面影響。

明明每個人都覺得那個新企畫成功率很高，但只因為事前疏於通知那位上司，他就利用自己的地位和權力拚命妨礙那個企畫。

連小孩子都知道長期來看，那麼做只會損害公司的利益，但他只因為自尊心受到傷害，就做出了那樣的行動。

即使我是基於善意協助驅逐擾亂漁場的海龍，如果沒有事先通知霍爾米亞藩侯，還是有可能損害我和他之間的關係。

就算世界不同，我還是覺得這種事很可能發生。

「威德林，真虧你能注意到這點。了不起。」

「妳把我當小孩子啊！」

我像這樣反駁泰蕾絲。

「不過，如果是以前的你……」

「或許會先去驅逐海龍，等事後再向霍爾米亞藩侯報告。」

「嗚嗚……」

我無法否定莉莎的推測。

「貴族真是麻煩。」

「只要是工作，不管在哪裡都一樣吧？」

「誰知道，我們又沒工作過。」

「說得也是。」

「在學校念書時也會遇到討厭的學長或教授。」

「……他們說有討厭的教授呢。」

「是指吾輩嗎？吾輩並非討人厭的教授。」

「露易絲，他這麼說耶。」
「只是人有點怪……」
「還有沒辦法替我們介紹工作。」
「咦？你好像被人批評了？」
「是啊……」
露易絲一指出這點，厄尼斯特就罕見地露出消沉的表情。
就在他們像這樣談話時，另一個老漁夫也加入對話。
「鮑麥斯特伯爵大人，關於霍爾米亞藩侯大人的許可……其實只要是交給冒險者處理就沒問題。所以，可以麻煩您幫忙嗎？」
「嗯──」
身為鮑麥斯特伯爵，如果我想介入這件事就必須立刻開始寫信給霍爾米亞藩侯。
在這個情況下，還得要等幾天才能收到回信，這段期間漁夫都不能接近海龍占據的岩石與周邊海域。
雖然這個狀況在我們抵達賽利烏斯前就已經存在，但霍爾米亞藩侯領地整體的漁獲量正因為魔族出現而大幅降低，現在還是儘快讓岩石周邊的漁場恢復比較好。
「海龍原本不會想靠近或襲擊賽利烏斯，但如果牠們的數量繼續增加並導致獵物減少，或許就會有某些海龍這麼做。」

「我明白了，我接受你們的委託。」

於是，我們決定以冒險者的身分接下這個任務，前去驅逐那群棲息在賽利烏斯附近的岩石上的海龍。

＊　＊　＊

「摩爾，你們也想跟來啊。」

「那當然。」

「這也是一種難得的經驗吧。」

「雖然不是魔物，但驅逐巨大海龍感覺很有趣呢。」

隔天，我們前往海龍棲息的岩石。

如果只有我們，應該很難開船到正確的地點，於是我們僱用了一名漁夫。

雖然漁夫很怕去找海龍，但我有多付他一點薪水。

而且有我、導師和布蘭塔克先生在，應該不會有問題。

至於女性成員，則是全都留在陸地上照顧小孩。

於是，摩爾他們也跟我們一起出海，他們三人都擁有中級上位程度的魔力，應該不用擔心。

比起這個，我更好奇他們為什麼要跟來。

他們平常明明缺乏幹勁。

「這三個人有辦法用魔法攻擊人嗎？」

以護衛身分一起跟來的艾爾，用懷疑的視線看向擁有魔力但很少練習魔法的摩爾他們。

大概是懷疑他們能否在驅逐海龍時派上用場吧。

我是覺得就算他們不具備戰鬥能力也不會有問題。

「咦？你對我們的評價意外的低呢。明明我們的魔力量都不低。」

「摩爾。雖然我們擁有魔力，但幾乎沒接受過訓練，所以艾爾文才覺得我們不會用魔法吧。」

「原來如此。」

「我們能夠正常施放魔法，所以應該不會有問題。」

摩爾、拉穆爾和賽拉斯三人都表示沒有魔族不會施放魔法。

「只是平常沒機會施放魔法而已。沒辦法，這是社會環境的問題。」

「如果突然在街上施放魔法，會被治安維持組織逮捕。」

「而且原本就沒有施放魔法的必要。」

說得也是。

很久以前的魔族曾四處作亂，但隨著文明持續進步，現在的魔族已不會毫無意義地施放魔法。

只是這樣就變得不像魔族了。

「反正海龍都會被鮑麥斯特伯爵你們驅逐，根本沒機會用到我們這種臨陣磨槍的魔法。」

「但還是要以防萬一吧？」

「我們只會待在旁邊看而已。」

「只要威爾沒事，我們也一樣只會旁觀……但難得有這個機會，你們不試著用用看魔法嗎？」

「要不是剛好遇到這種狀況，根本就沒機會放魔法啊。」

「好像只要加入防衛隊，就會在訓練時用到魔法。」

「來試試看吧。」

摩爾接受艾爾的提議站上船頭，朝悠閒地待在岩石上的海龍施放魔法。

「大約五年前，我曾經在深山裡練習過一次。雖然不曉得能不能讓海龍一擊斃命，『風刃』！」

他施放的「風刃」與其魔力量成正比，威力極高。

只要能夠命中，海龍必死無疑……

「前提是要能命中。他的控制能力實在不太行……」

布蘭塔克先生會覺得頭痛也很正常。

難得施放出來的「風刃」，飛向離海龍有段距離的地方。

坦白講，這已經不是瞄不瞄得準的問題了。

摩爾他們與古老文獻中記載的魔族相差太大，讓布蘭塔克先生和導師都感到掃興。

「咦？真奇怪？」

「即使能放出魔法，如果打不中也沒意義。」

「是啊……」

我完全無法否定艾爾的說法。

「需要練習才行！」

「如果之後有空的話，大概會練習吧。」

摩爾的厲害之處，就是連面對導師時，態度也不會改變。

他明明應該很擅長魔法，卻因為覺得沒必要而沒好好練習。

真是不得了。

「好，接下來換我！」

繼摩爾之後，拉穆爾也站上船頭施放魔法。

這次魔法有好好飛向海龍……

「喂！別對這種獵物施放『火炎球』啦！」

布蘭塔克先生會生氣也很正常。

這次的委託，名義上是我們這些冒險者為了取得海龍的素材，才主動前來狩獵。

因此，霍爾米亞藩侯家不會提供報酬。

我們賣掉獵到的海龍素材後得到的錢就是報酬，因此與其說最好別用火魔法把獵物燒焦，不如說這根本是禁忌。

就算用火魔法能夠打倒海龍，如果能靠賣素材得到的錢變少就虧大了。
「算了，反正看來是對手略勝一籌。」
布蘭塔克先生露出苦笑。
拉穆爾的「火炎球」瞄得非常準，但他果然也不習慣使用魔法。
他的魔法速度太慢，被海龍躲開了。
「需要提升魔法的速度。」
「如果要更快，就沒辦法好好控制。」
「你也跟摩爾一樣啊……」
儘管魔力比不上我們，他們仍接近一流水準。
然而，布蘭塔克先生在看見不擅長使用魔法的魔族後，露出複雜的表情。
包含布蘭塔克先生在內，許多人都認為魔族應該很擅長魔法，但實際上並非如此。
「拉穆爾，接下來換我！」
「他看起來真有幹勁！」
第三人——賽拉斯自信滿滿地站上船頭，讓導師對他充滿期待。
他的魔力量非常多……但前兩個人也是如此。
「他們為什麼變得有幹勁了？」
「是因為逐漸找回野生的習性了嗎？」

「又不是動物。他們的目標應該是前陣子看到的龍涎香吧？」

「「「唔！」」」

他們的反應真是淺顯易懂。

我本來以為魔族應該很擅長隱藏自己的企圖……

他們一聽見艾爾的推測，身體就猛然晃了一下。

「你們想要錢嗎？」

「有誰會不想要錢嗎？」

正常來講是都會想要啦。

我也是個會想要很多錢的普通人。

不過，我之前已經獲得多到讓人覺得缺乏現實感的錢，所以已經不像以前那麼想要錢了。

「只要從海龍身上取得龍涎香，就能分到錢！」

「這麼一來，回老家後就算被母親說『你差不多該去工作了吧』，內心也不會動搖了！」

「就算被姪子或年幼的表弟問『叔叔現在在做什麼工作啊？請給我零用錢』，心情也能夠維持平穩了。」

不知道為什麼。

我聽了摩爾他們說的話後，內心就感到一陣刺痛。

「雖然我能夠理解，但如果打不中就沒意義了。」

我也覺得他們很可憐，不過至少要先讓魔法命中目標。

「我要用『石彈』散彈！『我先說明一下吧！所謂的石彈散彈，就是不斷朝目標放出大量石彈，藉此提升命中率的魔法！』成功了！打中了！」

「又不是只要打中就好……」

「為什麼？我好不容易打中了。」

「根本就沒造成傷害！」

「只是在惹惱對方而已！」

賽拉斯的「石彈」並非完全傷不了海龍。

還是有幾隻海龍因為皮膚被劃破而流血。

不過，海龍不可能這樣就被打倒，只會惹惱海龍，讓牠們跳進海中衝向這裡。

牠們看起來想要破壞船隻，然後吃掉我們。

「喔，惹牠們生氣了嗎？」

「要被吃掉了！」

「怎麼辦？」

逐漸逼近的海龍讓摩爾他們大為動搖，只能束手無策地陷入慌亂。

如果像他們這樣缺乏實戰經驗又沒經歷過危險，即使是魔族也無法應付突發狀況。

「伯爵大人，拜託你了。」

「我知道了。」

布蘭塔克先生似乎已經放棄摩爾他們了。

他把驅逐海龍的工作交給我。

我同時展開許多「風刃」，從離我們最近的海龍開始，一一砍斷牠們的脖子。

「伯爵大人，別失手喔。」

「師傅的師傅還真是嚴厲……」

「這只是基礎中的基礎吧。」

布蘭塔克先生的發言，讓摩爾他們露出尷尬的表情。

「布蘭塔克大人說的沒錯！應該要練到能夠百發百中！」

導師也嚴厲地對摩爾他們如此說道。

「那麼，接下來就剩下回收打倒的海龍了。」

因為那些海龍的脖子都被砍斷了，從那裡流出的大量鮮血在海面上擴散。拜此之賜，連原本不在那塊岩石上的海龍都被吸引過來，我們那天最後打倒了超過二十隻海龍。

「鮑麥斯特伯爵大人，之前那塊岩石周邊的海域已經都沒有海龍了。真是太感謝您了。」

「我們也賺了不少錢，所以算是互相幫忙啦。」

我去確認帶回來的海龍解體的狀況時，老漁夫過來向我們道謝。

他出海確認狀況後，確認那塊岩石附近已經沒有海龍了。

老漁夫表示這樣他們就能放心捕魚了。

「居然讓海龍的血流入海裡吸引其他海龍過來，您做事還真是周到呢。」

「這都是多虧了師傅和布蘭塔克先生的教導。」

「還有在下的指導吧？」

「那當然。」

「能親眼見證鮑麥斯特伯爵的成長，真是令人開心呢！」

糟糕！

居然忘了導師。

不過，除了實戰訓練以外……我好像根本沒從他那裡學到任何魔法或冒險者需要的知識。

印象中這些全都是從布蘭塔克先生那裡學到的……

布蘭塔克先生的這些知識主要是奠基於長年的經驗，但如果在本人面前這麼說一定會惹他生氣，

所以我只有在心裡想。

「話說摩爾他們去哪裡了？」

「他們好像不想看海龍的解體過程……」

我能夠體會他們的心情。

我前世和剛來到這個世界時也一樣。只是現在已經習慣了。

「感覺魔族……跟我以前想像的完全不一樣呢。」

「在下本來以為他們會活生生地吸兔子的血，吃牠們的內臟！」

導師，那是吸血鬼吧……

以前的魔族野蠻又衝動，會隨心所欲地進行殺戮，但經過漫長的歲月後，他們的文明程度已經比這個世界的人類還要高。

我覺得現在的魔族比較好相處。

「導師，這樣不是很好嗎？」

「為什麼？」

「你就這麼希望兩國開戰嗎？我可不希望事情變成那樣……」

「現在的魔族非常溫順，這樣確實比較好。」

艾爾說的沒錯。

如果是以前的魔族在泰拉哈雷斯群島駐軍，賽利烏斯現在應該已經變成戰場了。

對必須在最前線揮劍的艾爾來說，這可是攸關生死的問題。

因為那樣他就必須和全都是魔法師的魔族戰鬥了。

「鮑麥斯特伯爵大人！」

就在我們討論這些事情時，負責解體海龍的年輕漁夫拿著某個東西來找我們。

那是一塊長得像蠟，花紋像黑白大理石的物體。

沒想到在我們今天帶回來的海龍裡，居然找到了龍涎香。

「伯爵大人運氣真好呢。」

「這不算是走霉運嗎？」

「龍涎香非常值錢。賣一個龍涎香就夠讓一般平民悠閒過一輩子了。所以才說能獲得這個東西的伯爵大人，運氣真的是很好。」

「呃，可是……」

「怎麼了？」

「鮑麥斯特伯爵大人，龍涎香之所以如此貴重又昂貴，還有另一個理由。這顆或許是臭石也不一定。」

「『臭石』？」

「雖然那也是一種龍涎香，但一燒就會發出強烈的臭味。」

龍涎香的好壞還要看運氣啊……

雖然不管怎樣都還是能當魔法藥的材料，但跟味道聞起來很香的龍涎香相比，臭石能賣的錢可說是微不足道。

「簡單來講，就是即使採到龍涎香，還是有很高的機率會是臭石嗎？」

「是的。機率是一半一半。」

一半啊……

希望是味道聞起來很香的龍涎香。

為了確認這點，我們急忙帶著龍涎香去昨天那間店。

＊　＊　＊

「一半一半啊……」

「希望是味道很香的龍涎香。」

「咦？其他人都沒來呢。」

「據說如果是臭石，味道真的會奇臭無比，因此我讓大家迴避了。如果媽媽身上味道很臭，會影響到小孩子。所以我也沒帶艾莉絲她們過來。」

「導師和布蘭塔克先生也沒來……我也想迴避……」

「別想逃跑！」

「你別什麼事情都一定要把我捲進來！」

「艾爾，如果這是龍涎香，可是會多一筆額外收入喔。」

「雖然這聽起來很誘人……」

我、艾爾和摩爾他們三人，正位於昨天造訪過的那間店。

儘管幸運地從海龍身上採到了龍涎香，但我們還不知道那究竟是味道很香的龍涎香，還是味道很臭的臭石。

必須把石頭削下來焚燒才能確定，所以我們來這裡請店家幫忙鑑定。

此外，艾莉絲等女性成員全都沒跟來。

據說如果是臭石，即使是隔著一段距離或是在密閉房間內焚燒，強烈的臭味還是會擴散得很遠，味道最少會在人身上殘留好幾天，我覺得這會對照顧小孩產生負面影響。

布蘭塔克先生和導師則是早就逃跑了。

他們表示願意放棄自己能分到的錢，但不想過來一起確認。

明明是在完全密閉的隔壁房間鑑定，到底是能有多臭啊？

摩爾他們因為也想分一杯羹，所以當然都來參加了。

至於艾爾……我怎麼可能讓他逃掉！

如果是臭石，艾爾接下來幾天都會無法靠近雷昂，所以他也很不想來，但我強制他必須參加。

假如這是臭石，我也會有好幾天不能見到腓特烈他們。

無論結果是好是壞，我們這對好友兼君臣都應該要禍福與共。

「機率是二分之一。這樣應該會中獎吧。」

「雖然有一半的機會中獎，但也有一半的機率會遭殃吧？我有種非常不好的預感。導師和布蘭塔克先生都逃跑了吧。難道不是老練冒險者特有的直覺告訴他們該這麼做嗎？」

「不可以什麼事都往壞的方向想喔。」

「沒錯。這時候就是要相信自己會中獎。」

「放心吧，我有根據！」

「喔，什麼樣的根據？」

賽拉斯向艾爾表示自己很確定那顆石頭會是龍涎香。

「我們明明上了大學，卻還找不到工作，每天只能閒居在家。」

閒居……其實就是失業吧……

不過，在琳蓋亞大陸只有富裕人家的子弟才有辦法不工作，所以摩爾他們的生活某方面來說算過得不錯吧。

如果是在這裡，早就餓死了。

「我們至今用到的運氣量算是相當少。」

「所以，這顆石頭必須是龍涎香才能取得平衡嗎？」

「沒錯！」

「順帶一提，我現在未婚，也沒有女朋友。」

「拉穆爾，這點我們三個人都一樣吧。」

「按照我們至今遭遇的不幸來計算，差不多該遇到好事了。」

「你的根據真是薄弱……」

不只是艾爾，我也這麼覺得。

雖然常有人說運氣的總量是固定的，但根本沒人能夠證明這個說法。

如果真是如此，那我的狀況又是如何？

「放心吧！這一定是龍涎香，我們將會變成有錢人！」

「該拿這筆錢去買什麼好呢？」

「我們或許會有辦法結婚呢。」

摩爾他們似乎已經深信這顆石頭會是龍涎香。

他們認真思考分到錢後要做什麼。

「我有種不好的預感……這是什麼味道！臭到鼻子都要歪了！」

「這實在太過分了！」

在櫃檯後方的房間，店員為了確認味道，削了一些龍涎香下來焚燒。

明明將門關得很緊，而且燒的量也很少，味道卻還是這麼臭。

原來如此。

店內充滿了不負臭石之名的誇張臭味。

「唔噁——！」

「果然啊……」

從後方的房間傳來店員嘔吐的聲音。

我們離這麼遠都覺得很臭了。

在味道來源旁邊的店員當然會更慘。

「……這是臭石……這個重量，價值五千分……」

一人分一千分啊……

海龍的素材還比較值錢。

話說這種東西……

到底是能拿來做什麼魔法藥？

「就這樣吧……」

要不要去其他店確認價格？

一想到那樣還得再確認一次味道就讓人受不了。

我以五千分的價格將臭石賣掉，然後我們五人平分了那筆錢。

當天傍晚。

我、艾爾和摩爾等五人，一起在離魔導飛行船有段距離的森林裡準備露營。

因為燒了臭石，我們的身體和衣服上都沾到了臭味，在味道消散前都不能回魔導飛行船。

「難怪布蘭塔克先生和導師會選擇逃避。」

臭石的味道過於強烈，只要稍微沾上就必須在外面露宿三天。

不然家人都會被臭味波及。
為了避免影響到小嬰兒，我和艾爾都無法進入魔導飛行船，只能露宿在外。
摩爾等人也一樣，雖然他們也來幫忙進行露營的準備，但平常住在城市裡的他們根本不習慣做這種事。
他們連搭帳篷也不會。
「喔喔！真的很臭呢！」
「老師。」
「你來看我們啦。」
「難道老師也要一起露營？」
「怎麼可能。吾輩只是來確認臭石是否真的很臭而已。」
厄尼斯特是個徹頭徹尾的學者，某方面來說，這確實很像他會做的事情。
確認完摩爾他們身上的味道後，厄尼斯特就直接回魔導飛行船了。
他做事真的是非常乾脆。
「晚餐就煮咖哩吧。」
艾戴里歐最近成功量產了咖哩粉，我們當天用他給的試做品煮了晚餐。
將鯨魚肉和各種蔬菜放進鍋子裡燉煮後，就飄散出咖哩的香味。
「看起來很好吃呢！」

「露營就是要吃咖哩呢。」

「我想起學校以前辦的露營活動了。」

魔族的校外教學也會去露營，而且也固定會吃咖哩嗎？

「這個咖哩會辣嗎？」

「摩爾，我不太喜歡吃辣味咖哩。」

「咦——我無法認同拉穆爾的意見！我覺得咖哩愈辣愈好……」

「咦？辣不辣都無所謂吧？」

「艾爾文完全不懂味道嗎？這樣你也會覺得好吃嗎？」

「我兩種都能吃得津津有味！」

「真沒原則……」

「咖哩辣不辣有那麼重要嗎……」

一群人一起吃咖哩，會很難拿捏辣度。

保險起見，我煮了「中辣」。

「這個辣度還可以接受。」

「不會太辣就好。」

「不會太甜就好。」

「不知道為什麼，在戶外吃的咖哩感覺特別好吃呢。」

我們一起享用完咖哩後，就開始討論接下來的三天要怎麼辦。
臭石害我們身上變得很臭。
這股味道別說是嬰兒了，就連對艾莉絲她們也會造成不好的影響，所以我們這段期間必須遠離其他人。
「這樣就沒辦法觀光了吧。」
「艾爾，你不怕被賽利烏斯的居民覺得你很臭嗎？」
雖然我們的鼻子已經麻痺了，但一開始真的是臭到連鼻子都快受不了。
如果出現在別人面前會給人添麻煩，所以我們這幾天必須安分一點。
「對了！鮑麥斯特伯爵。請你教我們魔法。」
「聽起來不錯呢。反正也沒事做。」
「至少要讓魔法能夠命中。」
「你們明明是魔族，水準卻這麼低……」
艾爾傻眼地說道，但根據厄尼斯特的說法，一般的魔族只要會將魔力灌注到魔法道具裡就好，幾乎沒有練習過攻擊魔法。
就厄尼斯特的狀況來說，因為他剛好是擅長暗屬性這種特殊的系統，所以直到和紐倫貝爾格公爵合作後，才開始正式練習魔法。
雖然他因為資質聰穎而進步得很快，但難免還是會露出破綻，之所以無法應對艾莉絲的過度治癒，一部分也是因為經驗不足。

「摩爾你們應該也很快就能學會怎麼讓魔法命中。好，我來教你們吧。」

「我也來做些刀劍訓練吧。」

雖然無法和其他人交流，但想成多了三天假會比較有建設性。

我教摩爾他們魔法，艾爾則是獨自進行刀劍訓練。

我們一起做料理和露營。

雖然只有五個男人，連一個女孩子也沒有，但感覺就像久違地和學校的朋友一起玩樂般開心。

「盡可能將『風刃』縮小，才能夠提升威力。面對海龍時，最好是瞄準牠們的脖子。只要順利割斷頸動脈，就能讓牠們失血過多而死。」

「原來如此……像這樣嗎？可惜，就差一點！」

「瞄得愈來愈準了呢。」

摩爾瞄準放在幾十公尺前方的標靶，施放「風刃」。

雖然最後很可惜只有掠過標靶，但他已經比前幾天進步許多。

魔族在魔法方面果然都很有才能。

只是他們太習慣便利的生活，所以野性的直覺才稍微退化了吧。

「好耶！打中了！」

「我也打中了！」

摩爾他們只接受我的指導三天，就能讓魔法準確地命中標靶。

這樣即使之後再接到討伐海龍的委託也沒問題了。

「應該不會這麼頻繁地接到討伐海龍的委託吧……」

在我們旁邊練習揮刀的艾爾，認為前陣子的討伐委託只是罕見的特例。

「總是以防萬一嘛。」

「怎麼可能。」

「不好意思，那個例外狀況發生了。又有一群海龍回到了之前那個地點，害漁夫們又不能捕魚了。」

「「「「布蘭塔克先生！」」」」

都怪艾爾亂埋伏筆……雖然話不能這麼說，但布蘭塔克先生又突然帶了去同一個地方驅逐海龍的委託過來。

我們身上的味道還沒消散，害布蘭塔克先生一直捏著鼻子。

「反正明天才能去見艾莉絲她們，今天就快點把委託解決掉吧。」

「這次要用我們的魔法對付牠們。」

「讓牠們見識一下我們訓練的成果。」

「這次一定要採到龍涎香……雖然我還不至於抱持這種期待，但我要用魔法打倒海龍！」

「伯爵大人，這個景象果然很奇怪……」

我能夠理解布蘭塔克先生想說什麼。

照理說應該是魔法專家的魔族，居然跟我這個年輕人類學習魔法。

布蘭塔克先生在遇見厄尼斯特前也沒見過魔族。

古代文獻大多將魔族描寫成能使用強大魔法的種族，因為這個印象已經在布蘭塔克先生腦中根深蒂固，他才會覺得摩爾他們很奇怪。

「這次應該沒問題吧？」

「他們的魔法威力很強，只要能打中就不會有問題。」

我覺得主要的關鍵還是在於威力。

無論控制魔法的能力有多優秀，如果魔法的威力太弱，那頂多只能惹惱海龍。

「看吧，好像沒問題呢。」

「打中了！」

「鮑麥斯特伯爵，我有好好瞄準海龍的脖子喔。」

「我也打倒海龍了！」

前陣子來過的那塊岩石附近的海域又多了十幾隻海龍，因為摩爾他們的魔法已經能夠確實命中目標，這次我把海龍全都交給他們處理。

這次跟上次不同，我從頭到尾都很輕鬆。

「那麼，回收完海龍後就回去吧。」

隔離生活的最後一天，摩爾他們意外獲得了展現剛學會的魔法的機會，讓我們順利消磨了時間。

明天身上的味道應該就會消散，到時候就能和孩子們與艾莉絲她們見面了。

如果是因為要上戰場才無法和妻子小孩見面也就算了，因為身上太臭而無法見面實在太莫名其妙了。

「靠賣海龍獲得了一筆臨時的外快呢。」

「是啊。」

「無論是人類或魔族，都不能太貪心呢。沒有龍涎香也無所謂，果然腳踏實地地賺錢才是最重要的。」

「該拿這筆錢去買什麼好呢？」

「不好意思……我們又從海龍身上採到了龍涎香……」

負責解體海龍的年輕漁夫的一句話，讓摩爾他們立刻興奮了起來。

「這次應該是味道很香的那種。」

「畢竟從統計學的角度來看，二分之一的機率連續兩次都落空實在太不合理了。」

「居然能連續獵到身上有龍涎香的海龍，我們真是太幸運了。」

摩爾他們好不容易覺得腳踏實地地工作也不錯，結果一聽說又從海龍的腸道裡找到了龍涎香，馬上又故態復萌。

如果這次是龍涎香，自己就會變成有錢人。

他們這次比之前更加期待，覺得既然找到龍涎香和臭石的機率幾乎相同，那這次很可能就是龍涎香。

「咦？導師和布蘭塔克先生呢？」

「他們這次也不來，而且也一樣說不需要分錢給他們。該不會是有什麼不好的預感吧？」

「這麼說來，確實很有可能……」

艾爾說的沒錯，因為那兩個人的直覺都不容忽視。

該不會這次也是臭石？

「要逃嗎？」

「沒辦法吧。摩爾他們又不是冒險者。」

接受討伐海龍委託的人是我，摩爾他們無法自己賣龍涎香。

他們也可能被人發現是魔族，所以我們必須一起跟去。

「我們？威爾一個人去也行吧？我等明天身上的味道一散就要去見遙小姐和雷昂……如果機率是一半一半，那我覺得很可能再次落空。」

「……被你這麼一說，我也開始這麼覺得了。」

不過，摩爾他們還是需要有人陪同，我們也無法拜託其他人。

嗯，這次應該會是味道很香的龍涎香吧。

「威爾這次很有信心呢。我倒是沒有……喂！威爾！放開我！」

「別想逃！這是主君的命令！」

「太不講理了——！」

「反正你身為我的護衛，無論如何都得一起來！」

我硬拉著艾爾的手，前往賣龍涎香的店家。

「又採到龍涎香了嗎？鮑麥斯特伯爵大人的運氣到底是多好？」

店員看到我們又帶了龍涎香過來，感到非常驚訝。

按照常理，這是不可能發生的事情。

順帶一提，我們就算進來這間店也沒關係。

因為店員身上也都是臭石的味道。

只是我們的鼻子早就麻痺了，所以沒什麼感覺。

「其他客人不會受到影響嗎？」

「大家都知道臭石的事情，所以不會來光顧。等明天應該就會來了吧。畢竟這間店賣的也不是日用品。」

這間店的商品相當昂貴，而且大部分都是嗜好品。

就算晚兩、三天才來光顧，也不會有什麼影響。

「嗯——希望這次是龍涎香。」

「機率是一半一半吧？」

「大致上是這樣。我不清楚其他地區和店家的狀況，但根據本店的鑑定紀錄，有六成的機率會是龍涎香。」

雖然之前說機率大約是一半一半，不過其實高達六成。

既然如此，兩次都是臭石的可能性應該很低。

「好像很值得期待呢。」

「艾爾，你的態度變得真快。」

「有臨時外快是件好事啊。這樣我就能買東西回去給遙小姐和雷昂了。」

艾爾一聽見中獎機率高達六成，就突然充滿幹勁。

雖然我覺得他這樣很現實，但如果沒中的機率是四成，應該不太可能連續兩次都落空。

換句話說，這次很可能會是味道很香的龍涎香。

「那我開始鑑定了。」

店員再次進入櫃檯後方的房間，開始焚燒削下來的龍涎香。

是龍涎香嗎？

還是臭石？

我們緊張地等待結果。

「要不要買一輛新車呢？」

「房子……好像不太需要。總之先瘋狂採購新刊吧。」

「一起去找間昂貴的店消費吧。」

「賽拉斯，這主意聽起來不錯呢。」

如果獲得一大筆錢該怎麼花？

摩爾他們心裡充滿了期待。

「現在想這些會不會太早了？」

「艾莉絲也說過『信者得救』。」

「你別只在這種時候依靠神明啦……」

艾爾，這也是無可奈何的事情。

畢竟我原本是日本人。

「放心啦，這次一定……咳！又來了——！」

「好臭！臭到鼻子都要歪了！」

怎麼會這樣？

明明有六成的機率，沒想到還是連續兩次都落空……

我的運氣未免太差了吧！

「怎麼可能……」

「與尚未謀面的女朋友約會的資金……」

「果然是因為我們運氣很差嗎？」

「又是臭石呢……這個尺寸能夠賣八千分。」

確定自己又要臭上三天的店員，眼眶泛淚地告訴我們收購金額。

關於臭石的收購金額，感覺就算換一間店賣也只會變得更加不幸，所以我們決定接受了。

摩爾等人獲得了一筆錢，但那些錢還不夠讓他們玩樂一輩子。

而且，不曉得他們有沒有發現……

＊ ＊ ＊

「這些銀幣和銅幣在我們國家根本不能用！」

「就連貨幣的匯率都還沒決定！」

「我們得到了不能用的錢——！」

遺憾的是，赫爾穆特王國正在和魔國進行交涉。

匯率應該要等很久以後才會確定，摩爾他們沮喪地看著分到的銀幣和銅幣。

「既然如此！我要在賽利烏斯內大肆揮霍！」
「買魚跟酒——！」
「狂買伴手禮之術！」
話雖如此，幸好他們最後還是很享受在賽利烏斯觀光。
我也和他們變得要好了。
「真是一群奇怪的魔族。」
「總比性格暴力要好！」
布蘭塔克先生和導師看著一點都不像魔族的魔族他們，似乎還是覺得無法理解。

第五話 魔族的言行讓人覺得似曾相識

「艾莉絲，我回來了。哎呀，沒想到連續兩顆都是臭石……」

「親愛的，王宮和霍爾米亞藩侯家派使者過來了。」

「咦，怎麼好像是看準了我回來的時機？」

身上的臭味消散後，我一回到用來代替住家的魔導飛行船，就發現來自王宮的使者和霍爾米亞藩侯家的家臣已經在那裡了。

他們似乎找我有急事……我有種不好的預感。

「什麼事？」

「陛下有令。『關於本日進行的初次交涉，雙方不僅無法達成合意，甚至連交涉本身都有可能無法再繼續進行。因此請鮑麥斯特伯爵大人儘快前往泰拉哈雷斯群島』。」

「我嗎？」

「是的，也沒有其他鮑麥斯特伯爵大人了……」

居然指派只會魔法的我去處理外交工作。

這讓我感到非常不安，擔心自己無法完成這項任務。

「只能事先做好覺悟了。」

「我去了也一定只會礙事……」

「沒辦法吧，這是陛下親自下達的命令。」

「唉，真不想去……」

由於陛下的命令，我被迫參加直到昨天才開始的魔國與王國的外交交涉。

地點是飄浮在泰拉哈雷斯群島上空的魔族艦隊旗艦內。

雖然這算是深入敵陣，但王國派去的外交團已經平安地在那裡待了一段時間。

我並不是因為覺得危險才不想去。

比起魔族，我更擔心被我方其他負責交涉的貴族討厭或嫌棄。

從他們的角度來看，我是來搶他們功勞的敵人。

「雖然從昨天就開始交涉了，但尤巴夏爾外務卿一點都派不上用場。」

「尤巴夏爾外務卿嗎？」

我聽陛下提過這個名字，但不曉得他是什麼樣的人。

我在王國也算是屈指可數的大貴族，但不太清楚其他貴族的事情。

「外務卿不知不覺就換人當了呢。」

「是啊，閣僚的職位是由數個家族輪流派人擔任。」

不過，如果一次就讓所有閣僚換人，可能會讓王國的政治陷入混亂。

因此，每個閣僚都會錯開交替的時間。

這次外務卿碰巧是在一個月前交替。

「我都不知道。」

「閣僚交替通常會獲得一定程度的關注，但因為是慣例，所以也有不少人毫不在意，畢竟是外務卿……」

外務卿的工作就只有與阿卡特神聖帝國進行協調，在所有閣僚的職位中最受冷落。

即使如此，前任外務卿仍與陛下一起與帝國交涉，順利完成了議和。

只是他和王太子殿下一樣，幾乎沒有獲得世人的關注……

「尤巴夏爾外務卿的能力怎麼樣？」

「聽說還不錯。」

布蘭塔克先生事先從布雷希洛德藩侯那裡獲得了情報。

他幫忙回答了我的問題。

「雖然他的風評不差，但據說個性有點軟弱。」

「這樣不是很糟糕嗎？」

負責外交交涉的人如果性格軟弱，應該會很難辦事吧。

雖然太過強硬也不好，但如果不懂得拒絕，就只能單方面接受對方的要求。

「他其他方面的能力沒什麼問題……」

「不過昨天完全派不上用場吧？所以陛下才叫我過去……為什麼是叫我啊？」

我又沒有外交交涉的經驗……

頂多只有在前世跟顧客交涉過。

「大概是覺得你曾在帝國內亂中表現活躍，而且又是足以威嚇魔族的魔法師吧？」

不過，魔族全都是魔法師。

即使挑戰他們，終究還是會寡不敵眾。

根據從摩爾他們那裡獲得的資訊，魔族很可能也不清楚我的經歷。

「對方也不可能突然就開戰吧。走吧，伯爵大人。」

「好吧。」

「親愛的，路上小心。」

「我明明還滿喜歡這段可以照顧腓特烈他們和釣魚的日子……」

「畢竟陛下都親自指名您了。」

我忍不住向艾莉絲抱怨。

因為不能把小孩子帶到最前線，我、布蘭塔克先生和艾爾三人，一起搭乘王國軍的魔導飛行船前往泰拉哈雷斯群島。

艾莉絲她們各自抱著自己的孩子替我們送行。

「好多年輕又漂亮的太太……」

「我要用嫉妒的火焰，照亮鮑麥斯特伯爵。」

「不是燒掉他喔！我要將這股怒氣發洩在觀光上！」

不知為何，把耳朵藏起來的摩爾他們也來替我們送行。

王國空軍僱用的魔法師們，在看見三名陌生的中級魔法師後露出困惑的表情。

「那三個人是我臨時僱用的魔法師。」

「原來是冒險者啊。畢竟鮑麥斯特伯爵大人很有錢呢。」

我說他們是民間的魔法師後，空軍的人就露出理解的表情。

大人物們僱用的魔法師意外地都不太熟悉其他民間魔法師，所以沒有識破我的謊言。

「放心吧，鮑麥斯特伯爵。我們會代替你去釣魚。」

「一直觀光也很無聊。」

「再來就是幫忙老師寫論文和整理資料，我現在過得比失業時還充實呢。」

雖然他們一直以來都沒工作，但並沒有因此喪失幹勁。

他們不只會出門觀光和參加釣魚行程，還會協助厄尼斯特的工作。

這麼說來，他們三人好像是畢業於魔國的頂尖大學。
如果是在王國，應該會被當成罕見的知識分子，並獲得重用吧。
然而，他們卻一直找不到工作，或許魔國意外地已經陷入困境。
「視釣魚的成果而定，還有機會賺到錢，我要加油！」
「目標是成為釣魚達人！」
「不曉得這片海域有沒有頭目？」
「賽拉斯先生，威爾也跟你說過一樣的話。」
「咦？說到釣魚，首先就會想到遇見頭目吧？」
賽拉斯說了跟我一樣的話，讓伊娜好奇地看向他。
至於賽拉斯本人，則是露出覺得理所當然的表情。
看來魔國那裡也有類似的作品。
「威爾為什麼能這麼快就跟魔族混熟啊？」
「因為鮑麥斯特伯爵的想法和思想跟我們很像。」
賽拉斯如此回答露易絲的疑問。
的確，因為魔族的社會和地球很像，所以我才能夠清楚地理解他們的心情。
「鮑麥斯特伯爵，時間差不多了！」
導師這次不會一起去。

保險起見，必須請他幫忙監視厄尼斯特他們，此外還有另一層政治考量，那就是如果連導師也一起去，尤巴夏爾外務卿他們的態度或許會變得更加強硬。

再來就是他跟陛下太親了。

無論身為閣僚的辦事能力多糟糕，對方畢竟是大貴族。不能輕率地惹對方不開心，讓狀況變得更加混亂。

「那我出發了。」

魔導飛行船按照預定行程出發，我們也順利地在幾個小時後抵達泰拉哈雷斯群島的上空。

「魔導飛行船的形狀不一樣啊。」

「材質好像也不同。」

大陸的魔導飛行船除了軍用船的裝甲以外，幾乎都是木製的帆船型，魔族的魔導飛行船則是橢圓形。

那些船的外殼都是由金屬打造，雖然平常都會收起來，但上面還搭載了十幾門魔砲。

也就是俗稱的空中戰艦。

「如果真的打起來，王國空軍絕對贏不了。」

「所以陛下才希望能靠交涉解決吧。」

因為事前有通知我會過來，我們搭乘的魔導飛行船順利地被引導到魔族艦隊旗艦的旁邊。

我立刻移動到旗艦上，走在船內時，我發現那裡的地板和牆壁都是由無法輕易破壞的金屬打造而成。

替我帶路的魔族士兵，看起來也有經過良好的訓練。

他一句閒話也沒說，專心替我們帶路。

「威爾，這裡面也太不得了了。」

「技術水準差太多了。」

我和艾爾都對這艘近代風格的船欽佩不已。

布蘭塔克先生則是對看不見接縫的金屬地板、牆壁和天花板感到佩服。

「喔喔！鮑麥斯特伯爵，歡迎你來！」

我一被帶進某個房間，尤巴夏爾外務卿就立刻湊了過來。

他看起來約三十幾歲，是個很有教養的貴公子，但個性似乎也如同傳聞中那樣軟弱。

明明其他隨行人員都在旁邊看，他在發現我們後仍發出非常沒出息的聲音。

「那個，請問發生了什麼事？」

「他們和帝國的人完全不同！」

「畢竟他們是魔族啊。」

尤巴夏爾外務卿也曾順利和帝國完成小規模的會面和交涉。

不過，魔族是完全不同的種族，所有人都是魔法師這點也讓他感到害怕。

這樣根本無法期待他能和魔族進行對等的交涉。

「總之他們都很奇怪！」

「很奇怪？」

「他們都在說些難懂的話！」

「嗯，說給我聽聽看吧。」

這樣下去會沒完沒了，所以我決定先聽聽看尤巴夏爾外務卿的說明。

『我是索奴塔克共和國外交團團長，蕾米．夏哈爾。』

「鮑麥斯特伯爵，魔族居然讓女人當外交團的團長！」

「（哎呀……）」

尤巴夏爾外務卿剛才明明還表現得畏畏縮縮，結果一看到我們，就開始指責魔族讓女性當負責人。

無論是在王國或帝國，女性都幾乎不可能參與政治。

泰蕾絲算是罕見的特例，但連她都沒獲得王國的承認，而魔國居然派女性過來交涉，這讓尤巴夏爾外務卿感到非常氣憤。

他大概是覺得自己被小看了。

「（這下不妙……）」

如果突然因為這樣就擺臭臉，魔族應該也會不高興吧。

對方也有對方自己的作法，如果連這都要批評，根本無法進行交涉，站在魔族的立場，應該會對王國打壓女性這點感到忿忿不平吧。

「那個女人！居然說王國應該多讓女性與平民參與政治！」

「（兩邊都很有問題呢……）」

看來魔族那邊也有問題。

團長蕾米是民權黨的女政治家兼黨秘書長，她出身支持女性平等參與社會的機構，同時也是那個機構的總裁。

她在政治方面是外行人，她認為進步的魔族應該教導落後的人類民主主義和男女平等的概念，並絲毫不掩飾這種態度。

尤巴夏爾外務卿似乎因此憤怒到忘了要進行交涉。

不過，害怕魔族的他無法在那些人面前表現出這種態度，所以才在我面前生氣。

這讓無辜的我們感到很傷腦筋……

「我們明明是來交涉的，他們卻對王國的政治體制指指點點！而且，還說這起事件最根本的起因是有貴族失控！」

魔族方提出了詳細的報告書，說明琳蓋亞號拘留事件的起因，是有一名貴族副艦長命令魔法師開砲。

因為負責調查的人是魔族的防衛隊，王國姑且在懷疑可能是偽造的情況下看完了報告書，但找不到任何疏漏或矛盾。

「如果真的是我們的人先侵犯對方的領海和領空，甚至還用魔法發動攻擊，那就應該先道歉再設法平等地進行交涉吧？」

「那樣會被魔族瞧不起吧！」

尤巴夏爾外務卿在我們面前表現得十分強硬。

我和布蘭塔克先生在遇到緊急情況時，都能靠魔法保護自己，我們的魔力也比這裡的魔族多。所以即使自己現在是少數派，尤巴夏爾外務卿仍表現得相當強硬。

他是擔心如果針對我方先發動攻擊的事情道歉，或許會讓王國在談判時居於劣勢，還是他背後其實和普拉特伯爵家有連繫呢？

無論原因為何，我都覺得他應該把這種態度用在魔族身上。

「那些傢伙真是太自以為是了！」

魔族的人除了團長以外，其他團員似乎也很奇怪。

雖然男女成員各半這點似乎是團長的意思，但其中也摻雜了一些明顯是來參觀的外行人，這也讓雙方交涉起來變得更加困難。

其中有些魔族是生意人，並表示希望與王國進行交易。

當尤巴夏爾外務卿提供關於交易量、違禁品和關稅額度等資料做為參考後，那些像外行人的傢伙就開始插嘴了。

而且還都是些和交易無關的話題。

『王國和帝國強制兒童勞動和虐待兒童的問題似乎相當嚴重。既然如此，就應該立刻進行改善！』

「文件裡好像包含了一些歧視用詞。我正在推廣消滅歧視用詞的運動……」

『狩獵和使用毛皮都太殘忍了！我要求禁止販售使用這些材料的商品！我在動物愛護協會擔任理事……』

那些人無視原本的交涉，淨提出一些莫名其妙的要求，讓外交團感到非常困惑。

看來事情的真相，就是不曉得該如何是好的尤巴夏爾外務卿即使內心憤怒不已，依然只能像隻小狗一樣在那裡擔驚受怕。

因為這和與帝國交涉時的狀況完全不同，所以他第一天只聽完要求就結束了。

「（沒救了……）」

布蘭塔克先生輕聲抱怨，但我能理解陛下得知這個狀況後，為何會想派我們過來支援。

簡單來講，就是普通貴族無法應付這個狀況，所以只能派我這個異常的貴族來試試看。

「真是莫名其妙！不狩獵到底要怎麼生活！」

「或許是因為魔國的農業、畜牧業和漁業都非常進步，而狩獵又給人一種直接殺害動物的印象，所以他們才對此抱持否定的態度。」

我試著對其中一名憤慨的外交團成員表達自己的看法。

我也不太懂狩獵和畜牧業之間的差別。

「畜牧業最後還不是也要宰殺家畜……」

「呃……我只是推測他們可能是那樣想的。」

我也不曉得該如何反駁尤巴夏爾外務卿的說法。

在我的前世也有動物保護團體持續舉辦抗議活動。

其中有些人的主張到了有點牽強附會的程度，我也曾在看電視時想著「為什麼要為了這種事抗議」。

然後，我現在得知原來魔族裡也有這種人。

是因為社會需要遵守的道德規範過於多樣化嗎？

「（魔法完全派不上用場。我可以直接回去嗎？）」

正因為某種程度上能夠理解魔族的想法，我也同時理解了情況有多嚴重。

有時候一無所知反而比較幸福。

「他們表示海豬很聰明，所以不能殺海豬，難道家畜就很笨嗎？我不覺得兩者之間有那麼大的差異……」

尤巴夏爾外務卿會有這種單純的疑問也很合理，但光這樣想是無法勝任外務卿的工作的。

如果無法巧妙收集情報，理解對方的想法和作法並擬定對策，就連進行交涉都有困難。

「總而言之，明天交涉時再問得更詳細一點吧。」

之後，我盡可能和尤巴夏爾外務卿他們進行討論，準備迎接明天的交涉。

「你看起來真年輕呢。」

「或許是陛下覺得年輕人的思考比較有彈性吧。」

隔天，魔族的外交團團長、一名叫蕾米的魔族中年婦女，在看到未滿二十歲的我後大吃一驚。

魔族派來的人當中沒有未成年人。

因為未成年人沒有選舉權。

「王國也會配合狀況靈活地調度人力。」

總而言之，為了避免發生戰爭，必須設法讓交涉有所進展。

既然魔族有民主主義思想，那就應該先強調我這個年輕人也能獲得提拔並擔任要職這項事實。

魔族外交團後方的防衛隊隊員們，看著我竊竊私語。

或許他們已經獲得了關於帝國內亂的情報。

「（看來他們的官員很優秀……但政治家的能力就有點微妙……）」

除此之外，還有幾名像記者的人物在認真抄筆記。

他們應該是要將交涉狀況寫成報導吧。

「不過，你們的外交團裡沒有女性呢。這點就不太好了。」

蕾米團長抱怨王國的外交團裡沒有女性成員。

這個中年婦女是這類團體的領導者，選舉時也是靠收集女性選票當選的吧。

即使會被認為不懂得察言觀色，她還是必須提出這種質疑。

畢竟這會影響下次選舉的結果。

當然她也可能只是不懂政治，單純不吐不快而已。

「關於這件事，我想請問索奴塔克共和國的女性，是從什麼時候開始積極走入社會的呢？」

「大約是從一千年前。」

按照蕾米團長的說明，在古代魔法文明毀滅後，魔族直到幾千年前都還是採君主制，之後改採有條件的民主主義，而女性直到約一千年前才開始參與政治。

「王國的女性也有在工作。」

冒險者中也有女性，在公會職員、店員和神官等職業中，女性也占了不少的比例。

「這些職業大約有三成以上的人都是女性。」

「那政治家又是如何？」

「偶爾還是會有吧？」

帝國有泰蕾絲這個例子，即使當家是男性，如果本人過於無能，有些貴族家最後還是會由夫人掌權。

雖然這種狀況不是很常見。

「在索奴塔克共和國的政治家中，女性大約占了多少比例？」

「百分之二十一……」

「防衛隊的女性隊員比例呢？」

「……大約是百分之五……」

跟我想的一樣。

身為支持女性平等參與社會的機構總裁，女性參與這些領域的比例不到五成這個事實，讓蕾米團長感到難以啟齒，但現實就是如此。

世界上沒有那麼剛好的社會。

「不過，我們國家的女性受到壓抑的程度沒有你們國家那麼嚴重！」

「壓抑啊……」

我不是女性，所以完全無法理解那種感受。

既然連我都是如此，這應該完全超出尤巴夏爾外務卿他們的理解範圍吧。

不過，我可以肯定地說一件事。

「古代魔法文明在一萬年前毀滅後，我們居住的大陸幾乎是從零開始。政治體制和社會生活的

進化與變化需要時間，強硬地推進只會引發無意義的混亂。王國目前仍在持續發展。如果貴國打算介入，那就等於是干涉我國的內政。」

「不過……」

「強硬將自己的理念加諸在別人身上，只會讓雙方在未來遭遇不幸。更何況現在這個場合，應該是要用來解決之前的衝突事件，以及作為讓兩國通商和建立友好關係的橋梁吧？」

摩爾他們的想法是正確的。

現在掌握魔國政權的民權黨，其實根本就不懂外交。

他們眼裡只有自己所屬組織的政治活動，導致關鍵的交涉毫無進展。

這樣會讓人搞不懂這次的政權交替到底是為了什麼。

「這種事情，應該要交給時間解決……」

王國所有女性都要有工作，所有職業的男女比例都必須是各半，男性也要一起育兒和做家事，然後透過選舉來選出統治者。

如果一切突然變成這樣，王國一下子就會毀滅吧。

這是因為必要的基礎還沒建立起來。

反正尤巴夏爾外務卿他們也一定不會接受，所以雙方不可能達成共識。

除此之外，我們明明是在進行外交交涉，卻有許多魔族開始說些莫名其妙的話。

「我覺得應該要禁止虐待兒童。」

「應該要好好養育小孩長大。」

雖然只是詭辯，但我也只能說只要王國變得愈來愈富裕，狀況就會逐漸改善。

而且，就算讓這些囂張的魔族統治王國，他們也不可能有辦法解決這些問題。

「（這群人真的只會出一張嘴……）」

「我覺得應該要有言論自由。」

「只要沒有嚴重批評君主制，王國基本上允許人民自由出版刊物。」

不過這只是王國的立場。

當領民在貴族的領地內寫書批評領主時，就由各個領主自行處置。

教會也會自己檢舉有害圖書。

坦白講，這不是能夠輕易回答的問題。

「難道無法禁止狩獵嗎？」

「基於現實考量，這是不可能的事情。」

受到魔物領域的影響，農作物的生產量一直很難提升，所以我們沒有餘力發展大規模畜牧業。

如果想吃肉，就必須狩獵。

至於毛皮，則是王國北部和帝國重要的出口商品。

棉花和絲綢的生產量有限，如果不依賴毛皮，會導致凍死的人數增加。

「既然如此，只要跟我國進口糧食和衣物就行了！」

「關於交易的部分，必須先針對貨幣的兌換匯率、關稅金額和交易量等項目個別進行交涉。」

當天我們總算勉強做出了要繼續交涉的結論。

不過，我因為做了不習慣的事情而感到精疲力盡。

我果然不適合當政治家。

「伯爵大人，你遠比只會對自己人發飆的尤巴夏爾外務卿還要適合這份工作呢。」

「這是在稱讚我嗎？」

交涉結束後，布蘭塔克先生佩服地對我這麼說。

「尤巴夏爾外務卿在與帝國交涉時也沒有失敗，我的意思是你比他還要能幹。」

因為魔族各方面都讓我感到似曾相識，我才能夠理解他們的想法。

話先說在前頭，我並沒有外交方面的才能。

「比起這個，那些吵著要我們禁止狩獵的傢伙很快就閉嘴了呢。」

「嗯，這是有原因的。」

我開始向艾爾說明。

「他們平常是在魔國內推動禁止狩獵的活動吧？你知道他們的活動資金是由誰提供的嗎？」

「我一直覺得這件事很神奇。從事抗議活動賺得到錢嗎？」

「賺得到。」

雖然那些最底層的志工可能真的是單純覺得動物很可憐。

然而，實際上那些高層都能藉此賺到錢。

「即使他們的組織是靠贊同者的捐款在運作，在那些出錢的人當中，應該也包含了販賣糧食的大商會。」

正確來講，是販賣糧食的大企業或公司。

「那些人為什麼要幫忙出錢？」

「很簡單。是為了將農作物和畜牧產品賣給王國。」

根據摩爾他們提供的情報，魔國目前處於糧食過剩的狀況。

所以會免費發放糧食給失業者。

我推測他們的服裝應該也生產過剩，所以當我說視交涉的進展而定，或許能考慮向魔國進口後，他們自然就停止抨擊了。

他們要避免說自己的潛在顧客野蠻。

「如果我們穿用毛皮製作的衣服，他們自然會覺得這樣就無法賣衣服給我們了吧？」

「原來他們的活動不是基於善意啊……」

雖然並非百分之百都是基於利益考量，但至少來參加這次交涉的人腦袋裡，都充滿了這方面的企圖吧。

「不，他們是真心覺得動物很可憐，所以才基於善意主張應該禁止狩獵。」

只是一旦牽涉到國家和權利，事情就會變得很奇怪。
或許也有些人只是為了賺錢才加入那種組織。
「海豬的事情也一樣。」
海豬龐大的身軀，能夠提供大量的食用肉。
對糧食過剩的魔國食品企業來說，將有害自己利益的行為都評斷為惡行會比較有利。
「我也無法理解海豬很聰明這種說法。」
「說得也是。牛跟馬在被人飼養後，也會變得親近人吧。」
布蘭塔克先生和艾爾似乎都無法理解魔族的說法。
這點我也一樣。
我在帝國內亂中跟彼得借的馬，後來直接被賞賜給我，我將馬養在家裡，只有偶爾才會騎，那隻聰明的馬總是會巧妙地配合不擅長騎馬的我。
而我雖然有抓過海豬，但不曉得牠們到底聽不聽明。
「真是一群難搞的傢伙。」
「我已經跟他們溝通得差不多了，剩下的事情交給尤巴夏爾外務卿處理就行了吧。」
我快速在剛才參加的交涉會議紀錄上寫下我對魔族想法進行的推測，交給陛下和尤巴夏爾外務卿。

『擁有不同價值觀的其他種族啊……明明才剛和帝國和解……』

陛下的語氣十分嚴肅，但考慮到雙方的技術落差，現在開戰並非良策。在最壞的情況下，或許還會被臨陣倒戈的帝國兩面包夾。

『被帝國包夾？你多慮了吧？』

「不。這並非多慮。」

我因為嫌麻煩而使用兩臺魔導行動通訊機，同時和艾德格軍務卿通話。

一旦王國和魔族開戰，帝國並非完全不可能背叛。

「魔族擁有大量性能比瑞穗公爵領地在帝國內亂中使用的魔槍和魔砲還要精良的裝備。再加上他們全都是中級以上的魔法師。」

『不過，他們的士兵人數不多吧？』

「沒錯。現在是不多。」

即使是目前的王國軍，只要全軍徹底死守，一開始或許還有機會靠人數擊退魔族。

不過，一旦魔族認真起來就完蛋了。

『到時候我、導師、布蘭塔克先生，以及其他王國的魔法師應該都會戰死吧。』

我們還不知道魔族中的高階魔法師認真起來有多強，或許我們必須要抱著同歸於盡的覺悟才有辦法擊退他們。

「也會失去許多魔導飛行船和優秀人才吧。魔族認真起來後，也可能會在增強軍備後再次攻打過來。不巧的是，魔族有許多失業的年輕人。」

年輕人或許會被獎勵吸引，而打算支配王國。

此外，魔族也可能高喊「別忘了在內亂中犧牲的士兵們」，藉此煽動帝國政府。

「帝國有可能會配合魔族的計策吧。」

魔族和帝國聯手將王國逼入絕境。

彼得也可能會覺得與其讓帝國在與魔族的戰鬥中落敗，不如放棄與王國議和，和魔族一起進攻王國。

魔族人數不多，所以或許會覺得因內亂陷入疲弊的帝國有利用價值。

『嗚嗚……本來以為帝國的國力衰退後能輕鬆一點……只能靠通商和不會造成風波的交流爭取時間了。』

既然無法在戰爭中取勝，就只能設法締結平等的友好條約了。

艾德格軍務卿也不想因為有勇無謀的戰爭失去國家。

「不過，還是有能讓人安心的要素。」

『怎麼說？』

首先，王國與魔國之間的對立並不嚴重。

雖然發生過琳蓋亞號事件，但魔族那邊沒有人受傷。

和直到兩百年前都還處於戰爭狀態，幾年前也被我國的雷格侯爵趁內亂時攻擊過的帝國相比，魔國和王國之間與其說從來沒交戰過，不如說根本沒什麼因緣。

『的確，和帝國相比，我們之間根本無怨無仇。』

「再來就是魔族的思考方式。」

雖然有些思想偏激的人，但那樣的人非常稀少。

大部分的魔族生活水準都遠勝於人類，沒有必要特地侵略其他國家。

『真羨慕他們能夠這樣想。』

王國內偏激又好戰的人也不多，但帝國內亂時，陛下也是費了一番工夫才阻止他們出兵。

貴族很難抵抗能夠讓領地增加的誘惑。

『魔族不會這樣嗎？』

「關於這部分……」

魔族居住的島嶼被命名為索連特島，但面積約有琳蓋亞大陸的四分之一，即使稱其為次大陸也不為過。

「以前索連特島上幾乎每個地方都有魔族居住……」

但受到少子化與高齡化的影響，人口持續減少的魔族放棄了許多領土。

現在島上約有四分之三的土地無人居住。

「魔族還有其他能夠開發的土地，而且驅逐魔物對他們來說並不困難。」

即使開拓土地也沒人會去住，所以許多自然區域和魔族領域就這樣被擱置不管。

甚至還有一些魔族學者為了進行研究，將那些地方劃為自然保護區。

『聽起來真是浪費。』

「雖然或許如此，但請千萬別提議讓王國的人移民到那裡。」

『為什麼？』

「因為會刺激到魔族中的好戰派。」

人類打算慢慢花時間奪取魔族的土地，藉此毀滅魔族。

如果那些人用這種說法煽動魔族，或許會有人提議攻打琳蓋亞大陸。

『接下來的幾百年只能優先開發王國境內的土地了。魔國離王國很遠，即使送移民過去也很難控制。』

因為琳蓋亞大陸還有許多地方能夠開發，所以陛下也沒考慮讓人移民到魔國。

『朕大概了解狀況了。不過，鮑麥斯特伯爵，你比朕預期的還要能幹呢。』

「只是碰巧罷了。」

沒錯，我並不具備外交官的能力。

只是地球的政治狀況碰巧和魔國非常相似而已。

如果對交涉對象有一定程度的了解，除非太無能，否則應該都能辦到這點程度的事情。

「不過，我的工作到這裡就結束了吧。」

『尤巴夏爾外務卿啊……』

雖然尤巴夏爾外務卿一開始因為不夠了解魔族而陷入混亂，但在對魔族有一定程度的了解後，他表示已經不需要我的協助了。

『如果一直讓不屬於外交派閥的鮑麥斯特伯爵把功勞搶走，尤巴夏爾外務卿也會不高興吧。』

「是的。」

『朕會持續與尤巴夏爾外務卿保持聯絡。不過，鮑麥斯特伯爵，保險起見可以請你先留在那裡待命嗎？』

「我知道了。」

雖然還是得待在泰拉哈雷斯群島，但我不用再參與交涉了。

如果硬要多管閒事，只會被尤巴夏爾外務卿他們討厭，所以我樂於接受這樣的安排。

「不過，只有艾爾和布蘭塔克先生來陪我嗎？」

「你這麼說也太過分了。我還不是一樣比較想陪在遙小姐身邊！」

「我只要有美味的酒和下酒菜就夠了。反正我也沒帶妻子和女兒過來。」

不過，我就算帶他們來也沒關係。

於是，我立刻把艾莉絲他們也叫來了。

「居然把小嬰兒帶到這個因為聚集了魔族的軍隊、魔族的外交使節團、霍爾米亞藩侯家海軍的偵察艦艇，以及王國軍外交使節團，導致氣氛劍拔弩張的地方，鮑麥斯特伯爵真是大膽！」

泰拉哈雷斯群島有將近五十座島嶼，魔族目前只有在最大的島嶼上建設基地，並派一些衛兵駐紮在其他幾座小島上而已。

我們像帝國內亂時那樣，在最外圍的小島上用石材蓋房子，並建了一個簡單的港口停船。

「威爾也開始有大貴族的風範了嗎？」

「我這姑且也算是在支援。」

「雖然我搞不太懂，但魔族的魔導飛行船外表真怪呢。」

主要負責照顧孩子們的亞美莉大嫂，也二話不說地一起跟來了。

我將一些負責護衛的士兵和家臣留在賽利烏斯，派他們去管理幫我捕魚的漁夫。

我另外讓幾名漁夫隨行，現在正在島的海岸邊從魔法袋裡拿出船，替出航做準備。

「威爾，這算是去度假嗎？」

「差不多。」

反正不管怎樣，我都必須遵從陛下的命令待在泰拉哈雷斯群島上，但光是待在那裡也很無聊，所以我決定和艾莉絲她們一起在無人島上度假。

「雖然有魔族的軍隊在……」

「放心吧。」

他們應該不會突然打算綁架或殺害我們。

如果他們是這種人，尤巴夏爾外務卿早就不在人世了。

「他們對自己進步的文明感到十分自豪。所以不太可能突然對我們動手。」

「但可能性不是零吧。」

「若這次交涉失敗，兩國在最壞的情況下或許會開戰。假如與魔族的軍隊為敵，不管待在那裡結果都一樣。既然如此，我必須盡可能幫忙支援才行。」

「您要幫忙支援？這樣不會惹尤巴夏爾外務卿不開心嗎？」

艾莉絲抱著腓特烈，對我的作法表達疑問。

「我要用和尤巴夏爾外務卿不同的方法。」

「你的支援方式就是度假嗎？」

「就結果來說，很可能會變成那樣。」

「真搞不懂你。」

我說的這段話，讓伊娜感到十分困惑。

的確，大陸的居民應該無法理解我想出來的支援方式。

「總之，開始度假吧。」

我們只花了幾小時就搞定住處，然後抱著腓特烈到海邊散步。

「腓特烈，海很漂亮對吧？」

「啊——」

「因為這裡還沒有人開發，依然維持自然的狀態。」

「啊嗚──」

「是啊。」

「話說威爾，我果然還是搞不懂你們到底有沒有在對話。」

「放心吧，腓特烈已經聽得懂了。」

「你也太寵小孩了吧！」

「這樣不好嗎！」

這孩子可是要繼承我的衣缽，跟麻煩的貴族和王國政府交手。

他的母親是艾莉絲，魔力也會繼續成長，應該能成為一個優秀的第二代當家。

「這樣我就能放心退休了。之後就能隨心所欲地生活了。」

「你別給剛出生不久的小嬰兒那麼大的壓力啦……」

我打算早點讓聰明的腓特烈繼承當家之位，這樣我就能放心退休了，但艾爾卻對這個計畫頗有微詞。

「總而言之。他現在只要健康長大就好！」

「你只是想把這個話題蒙混過去吧。」

我無視艾爾的吐槽，按照出生順序依序抱起安娜、艾爾莎、卡宴、芙蘿拉、伊蓮娜、希爾德和勞拉。

小嬰兒不管怎麼看都既純真又可愛呢。

跟已經被社會汙染的我完全不能比。

到了傍晚，等艾莉絲她們替小孩子餵完奶後，我們就在野外烤肉。

我們將儲藏的肉、蔬菜，以及帶來的漁夫捕到的魚貝類都拿出來烤，久違地享受了休假。

「你抱怨歸抱怨，但感覺你最近還是過得挺開心的。」

「那厄尼斯特你自己又是如何？」

「吾輩的興趣就是吾輩的工作。」

我們建了三棟房子，一棟是給我們，一棟是給漁夫，最後一棟則是給厄尼斯特和摩爾他們，以及導師和布蘭塔克先生使用。

摩爾他們表示已經在賽利烏斯觀光夠了，而厄尼斯特則是在哪裡都能寫論文，於是就一起跟來了。

「不過，交涉方面一直沒什麼進展呢。」

「老師，因為負責交涉的是民權黨的菜鳥議員。」

「那個人作為一個政治家不太合格嗎？」

「光是沒有突然喊『開戰吧！』讓交涉破裂就算很好了。」

不知為何，摩爾他們對蕾米團長的評價非常差。

印象中地球好像也有這種政治家。

「不過，我們像這樣玩樂，對交涉有幫助嗎？我是很高興威爾能陪艾爾莎他們一起玩啦。」

「呵，戰爭不是一件好事。嬰兒才能拯救國家。」

「我是知道如果沒有小孩子，王國未來會很不妙啦……」

當露易絲因為無法理解我的想法而感到傷腦筋時，她卻突然進入備戰狀態，朝某個方向釋放出殺氣。

「哎呀——人類的魔法師也挺有本事的呢。有過實戰經驗的人就是不一樣。」

「妳是誰？這裡有小孩子在，我不會手下留情喔。」

「不不不。我沒有戰鬥的意思。雖然我曾去魔物領域深處採訪，所以有一定程度的鍛鍊。」

「採訪？」

「是的！因為關鍵的外交交涉遲遲沒有進展，總編輯一直吵著叫我寫些有趣的報導，所以我才來採訪最近開始做些怪事的鮑麥斯特伯爵。」

我期待的人——應該說魔族總算現身了。

那位魔族的外表看起來二十歲出頭，將深褐色的頭髮往後綁成辮子，她戴著圓框眼鏡，穿著像連身工作服的服裝，脖子上掛著用來照相的魔法道具。

「大家好，我是每日期刊的新人記者露米．柯蒂斯。希望各位能夠接受我的採訪……」

「採訪嗎？威爾，你覺得呢？」

「我覺得接受也無所謂。請先進來再說吧。」

「不好意思。」

對「採訪」這個詞很陌生的伊娜疑惑地看向露米，但我就是在等這種人來。

魔族的媒體如我所料地現身，讓我可以進行不需要用到魔法的支援作戰。

即使我只是個外行人，但還是有方法能夠應付媒體。

第六話 魔族的新聞記者露米・柯蒂斯

「魔族會用一種叫新聞的方式傳達情報，許多輿論也是建立在那些情報上。魔族是透過選舉選出政治家，而民眾選擇政治家的判斷基準是建立在新聞報導上，所以政治家都對新聞非常敏感。因為如果與通訊社為敵遭到批評，他們可能會失去民眾的支持並在選舉中落選。」

「哎呀——鮑麥斯特伯爵真是學識淵博。」

「甚至還有媒體稱自己是新的權力呢。」

「鮑麥斯特伯爵真的很了解媒體呢。」

我明明只是隨便說說，就讓露米對我感到非常佩服。

雖然我本來就覺得有這個可能，但在魔族的媒體界中似乎也有一些腐敗的人物。

「權力會隨著時間經過變得腐敗，或許媒體也會跟著腐敗。」

「真是嚴厲的意見呢。鮑麥斯特伯爵真的很了解魔國呢……」

突然出現在我們面前的魔族女性，是每日期刊的新人記者露米・柯蒂斯。

她是魔國發行量最多的報社的新人記者。

「妳明明是新人，卻能參與外交交涉啊。」

「因為蕾米團長在大力推動女性參與社會啊。我是因為身為女性才被選上。唉，但其實我也沒事情做。」

「妳不是被派來採訪交涉的事情嗎？不用做這方面的工作嗎？」

「妳是露易絲小姐吧？我只是掛個名而已，像我這種新來的年輕女記者如果強出頭，其他年長的男記者絕對不會默不作聲。」

「這樣蕾米小姐不會有意見嗎？」

「那個人其實也只顧自己。只要與自己同行的記者團裡有女性成員就能達到宣傳效果，所以她什麼都不會說。該說是性別平權真的有所進展，還是只有形式上有進展呢，真是讓人難以判斷。」

因為還有幾位老練的男記者同行，所以露米無法參與和交涉有關的報導。

她被帶來這裡只是為了宣傳，與交涉有關的重要採訪不可能交給像她這樣的新人女記者。

「那種拖拖拉拉的交涉，就算寫成新聞也沒人想看吧？」

「寫報導多的是方法，例如『交涉一直沒有進展，民權黨的政治家果然很沒用！』或是『不愧是民權黨，非常慎重地在進行交涉』等等，就看讀者自己要怎麼解讀了。」

「妳講話還真是直接……」

露米的發言，讓布蘭塔克先生感到十分傻眼。

「很多民權黨的政治家，以前都在每日期刊當過記者。當然，國權黨裡也有這樣的人。現在的政治部門負責人是當過記者的民權黨政治家以前的部下，如果批評民權黨批評得太露骨，他就會吵著要我們把報導寫得委婉一點。」

「真是沒原則呢。」

雖然不曉得這能不能算是一種磋商、揣測、勾結或是成熟的對應……但立場不同，說話方式也會完全不同。

「想純粹報新聞也不容易呢。」

王國和帝國也會不定期發送報導，就像是隔週或隔月發售的報紙一樣。

平民們都是透過這種媒體獲得情報，而在貴族的領地會很難批評領主。

以前布雷希洛德藩侯也曾為了好玩，將我留在王都時的情報寫成報導發給鮑麥斯特騎士領地的領民看。

那也間接導致了科特失控，無論是貴族或政治家，透過報導控制政治的手法都大同小異。

「像這樣採訪我們，就有辦法寫成報導嗎？」

「妳是艾莉絲小姐吧？當然寫得出來！對了，畢竟是請你們接受獨家採訪，所以在發布報導前會先給你們確認。有很多人對隱私這方面的事情很囉唆。」

於是，雖然交涉還在持續，但在泰拉哈雷斯群島外圍的島上度假的我們決定接受露米的採訪。

「鮑麥斯特伯爵今天要工作嗎？」

「是啊。」
因為交涉毫無進展，我每隔三天就會用「瞬間移動」回一次鮑麥斯特伯爵領地進行土木工程。
我跟羅德里希談好條件，如果沒什麼特別的事情，就要讓我在中午前回去。
再來就是我每個星期都會飛回賽利烏斯的港口，用魔力替借給漁夫的船補充魔導動力。
留在那裡的士兵和家臣會幫我管理那些漁夫，將捕到的魚賣給駐紮在這裡的軍隊或市場。
「剩下的時間，就是在這座島度假嗎？」
「我姑且算是在這裡待命。」
「了解！」
尤巴夏爾外務卿似乎希望盡可能不要依賴我，所以基本上都沒在理我。
如果有外行人對自己的專業領域插嘴，不管是誰都會覺得討厭吧。
於是，剩下的就是我的自由時間。
我原本就不是自願來這裡，所以也沒有想工作想到不惜搶走別人的工作。
「沒想到大家幾乎都在同一時間需要換尿布！」
早上，亞美莉大嫂一個人忙著替腓特烈他們換尿布。
考慮到我們的所在位置，我讓大部分的女僕都留在賽利烏斯。
這讓亞美莉大嫂變得十分忙碌。
雖然多米妮克、蕾亞和安娜也在，但她們正在準備餐點。

「啊，我也來幫忙。」

「威爾，你在這裡的時候幫忙是沒關係，但在鮑麥斯特伯爵領地時可不能這麼做喔。」

「我知道啦。」

我一開始也不太會幫小嬰兒換尿布，但換過幾次後就習慣了。

不管是什麼事，只要習慣後就沒什麼大不了的。

「喔，伯爵也會幫忙換尿布嗎？」

「平常是不會，但這時候就會。」

因為伯爵必須注意別人的眼光，所以我平常基本上不會幫忙換尿布，身為當家的我，也應該要避免搶走女僕和保母的工作。

不過在幾乎只有家人在場的時候，我就算幫忙換尿布也不會怎麼樣。

「貴族在各方面也都很辛苦呢。」

「我也來幫忙。」

「卡特琳娜，妳做完魔法訓練了嗎？」

「嗯。雖然我的魔力已經不會像你那樣持續提升，但魔法的精準度還有很大的進步空間。」

繼卡特琳娜之後，原本在外面特訓的艾莉絲她們也回來了，大家一起替孩子們換尿布或餵奶。

「聽說生完小孩後，胸部會變大……明明就連卡琪雅都稍微變大了。」

「喂，露易絲！我要生氣囉！我原本就還算有料！」

露易絲餵奶時，嘟囔著自己胸部太小。

因為母乳的量還是很充足，所以我是覺得沒什麼關係……

「記者小姐。魔族的女性生完小孩後，胸部會變大嗎？」

「這個嘛。應該有個人差異吧？我沒生過小孩，不太清楚。」

「露米小姐是為了工作而活嗎？」

以前專注於當冒險者，直到三十歲才生小孩的莉莎向露米問道。

「可以的話，我也想結婚，但這個工作的上班時間不規律，我現在又沒有對象，所以還會再單身一陣子吧。不過，九個小嬰兒聚在一起真是壯觀呢。」

遙也在照顧自己的小孩，所以現在房間裡有九個小嬰兒。

按照露米的說法，魔國只有在大醫院裡才能看到這麼多小嬰兒。

「對了，我聽說魔族正面臨少子化和高齡化的問題。」

「這是從我同學那裡聽來的吧。」

＊　＊　＊

露米早就察覺厄尼斯特和摩爾他們的存在。

「老師，你在這裡做什麼？」

露米一開始看見厄尼斯特時，嚇了一跳。

她露出像是沒想到會在這裡見到對方的表情。

「嗯？是吾輩以前的學生啊。吾輩正在進行真正的研究。」

「老師還是一樣古怪呢。」

「吾輩的學生居然都沒人繼續研究考古學……真是令人嘆息。」

「老師，靠考古學是無法養活自己的。」

露米也說了和摩爾他們相同的話。

「如果妳是在文化部門當記者，吾輩還能夠稱讚妳。」

「我們公司的文化部門待遇很差，最受歡迎的果然還是政治部門。」

雖然露米一開始說新聞並不是只會報導政治，但她其實就是隸屬於政治部門。

「真是令人遺憾。」

露米以前和摩爾他們念同一間大學，是比他們大兩屆的學姊。

此外，她居然也是厄尼斯特的學生。

不過，厄尼斯特似乎覺得露米是個不務正業的學生。

「沒想到老師還活著。根據我取材時獲得的情報，老師最後被認為在『亞特蒙古大森林』探索未知遺跡時，被魔物吃掉了呢。」

我是覺得以厄尼斯特擁有的強大魔力，應該是不會輕易被魔物吃掉……

「這傢伙才沒那麼容易死！」

導師似乎也是這麼想的，不過就不容易死這點來看，導師也沒資格說別人。

「吾輩是文明人，所以不擅長戰鬥。」

「少騙人了！」

厄尼斯特和導師果然很合不來。

「不過，媒體報導時還真是隨便。吾輩明明只是前往琳蓋亞大陸尋找未知的新遺跡。媒體自稱為第四權後，是不是因為獲得權力而腐敗了？」

「老師講話還是一樣毫不留情呢。然後……我那些不中用的學弟們也在呢。」

露米看向自己認識的摩爾等人。

不過，看來這個世界真的很小。

「學姊，雖然妳有找到工作，但這麼說也太過分了吧。」

「就是啊。」

「我們現在很有精神，這樣不就好了。」

「沒想到你們逃離青年雜勤人員的工作後，居然和失蹤的厄尼斯特老師一起待在鮑麥斯特伯爵這裡，事實往往比小說還要離奇呢。」

這些就算被視為逃兵也無法有怨言的學弟，讓露米感到非常傻眼。

「我們會因為逃走而被判死刑嗎？」

「那我要亡命到國外。」

「我不想回去接受死刑，所以逃亡也不錯呢。」

「死刑？怎麼可能啊。雖然你們幾個是真的很沒常識。」

防衛隊早就已經接受青年雜勤人員是一群只會引發問題的廢物這項事實，並對他們死心了。

至於他們引發的問題，大部分是工作做不好，或是一直要求改善待遇等等。

其中用釣魚當藉口出島的三人，更是讓防衛隊的高層心寒不已。

「根據很久以前的法律，防衛隊就等同於軍隊，臨陣脫逃是死刑。」

不過，實際上似乎不可能真的判摩爾他們死刑。

「雖說是青年雜勤人員，但基本上就只是約聘人員。」

由於不是正規軍人，因此就算逃跑也不可能被判死刑。

如果將法條擴大解釋來處罰他們，又會引發別的問題。

「有些人認為防衛隊已經不能算是軍隊了。」

魔族也有反戰組織與和平組織，他們比較喜歡現在這種沒有戰爭的狀態。

他們希望防衛隊可以只負責協助維持治安和災害救助，對這次派遣防衛隊的事情也不太滿意。

「從他們的角度來看，處罰逃離的雜勤人員就像想讓軍隊復活一樣可怕，所以很可能會舉辦抗議活動。」

這麼一來，其他提倡縮小防衛隊規模的團體和人權團體一定也會加入，將事情鬧得更大，而現在的政府根本無法反抗他們。
因為目前的執政黨民權黨正是以這些人為主要支持族群。
「是因為政治問題啊……」
「唉，簡單來講，魔族也有魔族的煩惱。」
因為這起事件是緊接在政權成立後發生，所以許多人都對此抱持同情的態度，而政治家又必須做出成果才行。
露米表示這就是現任政府的煩惱。
「因為現在是這種狀態，我才想採訪鮑麥斯特伯爵，寫出跟其他人的角度不一樣的報導。所以這次就當作沒看見老師你們吧。」
露米表示她會繼續採訪，但不會將厄尼斯特他們的事情寫成報導。
「如果隨便寫成報導，就會有人跑出來大喊『魔族裡出現了背叛者！』或是『有賣國賊！』之類的，那樣太煩人了。」
以上就是厄尼斯特再次遇見以前學生的經過。

＊　＊　＊

「威爾，孩子們都睡著了。」

「那我們也去休息吧。」

「說得也是。我來泡壺茶吧。」

腓特烈他們在喝完母乳並換上乾淨的尿布後就睡著了。

小嬰兒的工作就是睡覺，所以這樣就好。

亞美莉大嫂主動幫大家泡茶，我們則是直接去休息，順便繼續和露米聊天。

「魔族很難生出小孩。真羨慕人類呢。」

「妳覺得羨慕嗎？」

「伊娜小姐，我也想像一般人那樣結婚生子。」

魔族的壽命大約是人類的三倍，所以通常會活兩百五十年到三百年。

正因為壽命很長，不容易產下子嗣，所以魔族才正面臨少子化和高齡化的問題。

露米表示她現在是單身。

「魔族年輕的時期很長，基本上在超過五十歲前都不會結婚。」

他們在二十歲之前，成長的速度都和人類差不多。

不過，他們二十歲成年以後依然不會工作，而是度過極為漫長的學生時期。

「然後，在兩百歲之前，外表都像二十幾歲的人類。」

剩下的五十年到一百年才會慢慢變老。

所以那個叫蕾米的中年婦女，其實已經超過兩百歲了嗎……

「五十歲結婚的話，就可以生兩、三個孩子。」

隨著晚婚化的狀況愈來愈嚴重，許多魔族都是超過一百五十歲才結婚，這樣頂多只能生一個孩子。

生育率低於兩成後，人口就會開始減少，變成少子高齡化社會。

「雖然政府有在擬定對策，但有一半的年輕人都沒有工作，在失業的狀況下結婚會很辛苦呢。」

露米看向失業的三個學弟。

「學姊就是因為講話跟老師一樣毒，在學校時才都交不到男朋友。」

「就連我念書時都有交過女朋友……」

「雖然學姊的長相和身材都不錯，但我一直覺得妳缺少了什麼，在看過艾莉絲小姐她們後，我確定妳缺少的就是溫柔！」

「嗚嗚……這些學弟真讓人生氣……」

被學弟們揭露學生時代沒有男朋友的事實後，露米憤恨地看向他們。

「但我這個人基本上很寬容，如果你們願意當家庭主夫的話，我可以讓你們入贅喔。」

「跟學姊結婚嗎？」

「對不起。」

「妳比較適合當朋友……」

「我居然被失業又單身的學弟們給甩了！」

露米被摩爾他們乾脆地甩掉，獨自陷入沮喪。

看來摩爾他們也不是只要是女性就照單全收。

「已經夠了！我要為了工作而活！」

不過，露米本質上是個積極的人，她立刻就振作起來重新採訪。

照顧完小嬰兒後，就到了吃早餐的時間。

「我盛了一碗飯，放上用醬油、味醂和砂糖醃漬過的生魚片後，再用芝麻與鴨兒芹點綴，最後倒入熱高湯……」

因為有魔國的空中艦隊在巡邏，所以現在漁夫都不會來泰拉哈雷斯群島附近，讓這裡變成魚的寶庫。

即使我們沒空去捕魚，帶來的漁夫也會幫忙代勞，因此我們有許多魚能夠料理和享用。

機會難得，我們多準備了一些鮮魚料理。

因為其他材料都是向瑞穗公爵領地採購，所以大部分都是日式料理。

「啊——一早就喝酒真是太棒了。」

「布蘭塔克先生，不可以喝太多喔。」

「一杯就好。」

布蘭塔克先生一大早就在喝酒，還用魚乾當下酒菜。
艾爾在規勸他的同時也不忘享用米飯，餐桌上還擺了烤魚和燉煮料理。
「新鮮的魚真好吃。」
「對吧？多吃一點吧。」
「不，我沒辦法像導師那樣用大碗公吃……」
卡琪雅看到導師用大碗公吃生魚片茶泡飯時，嚇了一跳。
「再來一份。」
「薇爾瑪還是一樣會吃呢！」
而用那麼大的碗還能一直續飯的薇爾瑪則是更厲害。
「你們平常不會吃鮑麥斯特伯爵家的老家傳下來的菜色嗎？」
「咦？妳想吃嗎？」
露米似乎以為貴族家都有代代相傳，而且經常會吃的傳統料理。
她居然想喝那種只有加一點點鹽巴的湯。不管怎麼想，在中產家庭出生的露米平常應該都吃得不錯。
她大概是誤以為我出身上流階級。
再來就是沒發現貴族之間也有很大的差距。
「我有點興趣。」

「妳真是個怪人……現在沒有材料，所以沒辦法做喔。」

我們現在手邊反而沒有能加進湯裡的蔬菜、碎肉和硬硬的黑麵包等食材。

很遺憾，由於胃口被養壞了，現在連我父母都不再吃那些東西了。

「真難吃。我以前居然有辦法連續幾十年都吃這種東西。」

「親愛的，現在已經不用勉強吃那種東西了……」

我曾聽保羅哥哥說過，父親有一次抱著好玩的心態讓母親做了以前的料理，然後發現他現在已經無法接受那些只用少許鹽巴調味的難吃料理了。

「我的資料有誤嗎？書上說很久以前的魔族貴族都是這樣。」

雖然王國貴族有固定會在重要場合拿來招待貴賓的料理，但平常並沒有特別規定要吃什麼。

不過，很多家庭都跟我以前的老家一樣，因為能取得的食材有限而經常重複做相同的料理。

「以前的鮑麥斯特家每天都吃一樣的東西……」

我告訴露米原因和料理的內容後，她就露出非常嫌棄的表情。

「你是從貧困階級爬到現在的地位嗎？這可以寫成一篇報導呢。」

露米開心地寫著筆記。

「魔族的老百姓喜歡這種話題嗎？」

「應該喜歡吧。」

魔國也有一些小時候非常貧困，之後年紀輕輕就創業成功，或是成為知名政治家的人，那些人寫的書通常都非常暢銷。

我覺得拿我跟那些厲害的人比也有點奇怪。

「不管是魔族或人類，都很憧憬那樣的故事。」

「說得也是。」

魔族也跟人類一樣，對成功人士的憧憬和好奇心都非常強烈。

「哎呀，感覺能寫出一篇好報導呢。話說人類真喜歡吃魚呢。」

「魔族平常不吃魚嗎？」

「吃的量不多。」

魔族吃的魚大部分都是養殖魚，似乎只有少數地區的漁夫和把釣魚當興趣的人，會吃自己釣起來的魚。

然後，那些數量愈來愈稀少的漁夫經常和動物愛護團體起衝突，偶爾還會鬧上新聞。

「據說是認為捕魚會破壞自然，還有殺掉棲息在自然環境內的魚非常殘忍。」

「感覺養殖也一樣是在殺魚……」

「艾爾文先生，他們會找各種理由將這方面的事情蒙混過去。」

「我實在無法理解……」

或許是覺得如果濫捕自然界的魚會破壞生態系，但吃養殖魚就沒關係吧。

不過因為這樣的想法，現在只有住在沿海地區的魔族能吃到比較多魚了。

「住在內陸地區的魔族都是以肉和穀物為主食。」

大規模食品加工廠會將從大規模農場與牧場買回來的便宜材料，製成加工品販售。

因為要維持薄利多銷，所以商品種類不多，如果想吃比較特別的料理，就必須去高級餐廳或自己買食材料理。

「魔族有很多人每天都吃相同的東西。」

相同的東西能夠便宜地量產，難怪他們會糧食過剩。

這種社會應該不會有人因為肚子餓而掀起革命，或許會讓人覺得有點無趣。

「人類的食物比較好吃呢。」

「應該是因為老師以前根本不懂吃吧？你每天都窩在研究室裡，只靠吃土司維生。」

根據露米的說法，厄尼斯特只要一熱衷於研究，就會變得只在發掘時外出。

仔細想想，他現在也是過著相同的生活。

「吾輩以前對用餐沒興趣，但吾輩現在也對這些種類豐富的餐點非常滿意。」

這麼說來，厄尼斯特每次都會把料理全部吃完。

我一開始還以為他對吃東西沒興趣，看來他其實也滿享受用餐的。

「不過，這種日常生活也能寫成報導嗎？」

「放心吧。而且鮑麥斯特伯爵好像能夠理解。」

艾爾想像中的新聞採訪，大概是由我說一堆嚴肅的政治話題，再讓露米整理成報導吧。是露米一開始的說明，和她提供的報紙讓他產生了這樣的印象。

「新聞並不是只會報導政治。」

然後，當天傍晚。

露米將她寫的報導原稿交給我們。

「標題是『看不到終點的兩國交涉！中途突然參與交涉的王國年輕貴族鮑麥斯特伯爵，其實是個顛覆我們對貴族印象的人物』。」

除此之外，報導裡還寫了我會以領主的身分認真參與開發、閒暇時會照顧小嬰兒和陪夫人們一起出海釣魚，以及會親自宰殺自己釣到的魚並親手料理等等。

「完全就是平常的威爾嘛，這樣的報導能派上用場嗎？」

「艾爾文先生，這次交流最大的問題，就在於雙方都不夠了解彼此，而且還抱持一些偏見。」

魔族認為人類是活在古老封建社會中的野蠻人，而人類對此感到相當不滿。

露米認為如果不設法改變這種關係，交涉就不會有進展。

遺憾的是，那個自視甚高的叫蕾米的女政治家並不這麼想。

「所以重點就是要用鮑麥斯特伯爵的報導，讓大家知道王國的人類和魔族兩者之間其實差異沒那麼大。」

「這篇報導是為了這個目的而寫嗎？」

露米似乎打算刻意發表這種報導，讓人類與魔族能夠變得友好。

她明明只是個新人記者，卻有著非常堅定的想法。

「畢竟要是演變成戰爭就不得了了。」

「有這種風險嗎？」

「有喔。」

首先，雙方的交涉至今仍未找到能夠打破僵局的關鍵。

由於一直毫無進展，好像已經開始有人主張不如直接靠戰爭做個了結。

「雖然人數不多，但那種人的聲音通常特別大。」

「而且有人會在背後煽動他們吧？」

「鮑麥斯特伯爵，你說的沒錯。」

這不是戰爭，而是打倒透過古老封建制度壓抑民眾的貴族和王族，教導大陸的人們何謂民主主義的鬥爭——好像已經開始出現主張這種論點的人了。

「呃……民主主義啊……」

這絕對無法在現在的大陸上實現。

雖然勉強能讓大部分的人學會識字，但我覺得民主主義對這些人來說還太早了。

「我覺得只會招致無意義的混亂……」

「所以首先要讓自己獲得那樣的地位，才能指導愚昧的人類啊。」

實際上根本就不是那麼一回事。

只是有少數魔族想以民主主義為藉口統治人類而已。

「最近的政治家大多都是世襲，他們會透過人脈讓親戚當上公務員或進入大企業任職。很多人覺得那樣其實跟貴族沒什麼兩樣。」

不曉得是不是因為這樣，魔國的經濟實力和市場都逐漸失去活力。

魔國就是為了解決這個問題，才想要進軍大陸。

企業是為了市場，政治家則是為了追求新的可支配地區。

這在過去的地球被稱作殖民地支配。

「真是讓人受不了。」

「不過，關鍵的民眾並不買帳吧。」

魔國確實有很多年輕人失業，但他們的生活並不困苦。

只有少數人在那裡大張旗鼓，大部分的民眾都選擇冷眼旁觀。

「首先，要是大家真的那麼有活力，國內就不會有那麼多未開發地了。」

再加上在最近的幾百年裡，魔國已經放棄了許多無法繼續維持的土地。

管理因為人口過度外流而變得無人居住的土地，只是在浪費稅金。

「魔族真的沒問題嗎？」

「我覺得應該是沒問題。」

似乎有很多人覺得就算慌張也沒用，只能順其自然。

真正感到慌張的，或許只有市場萎縮的生意人和利益變少的政治家而已。

「古代魔法文明毀滅時，魔族的人口只有約十萬人。或許其實是現在的魔族人口太多了，所以正逐漸恢復成適當的數量也不一定。」

「是這樣嗎？」

魔族可能正從全盛時期邁向衰退。

即使如此，他們現在的人口依然將近是古代魔法文明時代的十倍。

魔族果然不可小看。

「那麼，我可以發表這篇報導嗎？」

「可以啊。」

「真是幫了大忙。如果內容是整天使喚被課以重稅的領民，自己過著奢侈的生活，並把領地內的美女都找來服侍自己，那我也很難寫成報導。」

「我從來沒做過那種事。」

雖然因為琳蓋亞大陸很大，難保沒有貴族真的這麼做。

不如說，我已經不希望身邊的女性再增加了。

因為內容沒什麼問題，與我有關的報導就這樣刊登在每日期刊上了。

「讀者的反應還不錯呢。」

在議會上主張「反正我們的科技水準比較高，即使被攻打也能輕鬆防衛，不如只將高附加價值的商品賣到大陸去，這樣也能夠賺錢」的政治家也開始變多了。

那些人似乎是看過新聞報導後，開始覺得「既然那邊的統治者也是文明人，那應該可以跟他們締結條約」。

再加上防衛隊也提出了「現在的我們即使征服大陸也無法長期維持，我國能夠派出的軍人、官僚和技術人員最多只有五萬人，目前推測大陸上有五千萬人口，考慮到這個人數還會持續增加，我國不可能有辦法統治那些人」的報告。

「不能再派出更多人嗎？」

「沒辦法。我們還必須維持本國的治安。而且這個數字已經是防衛隊有確實增員後的狀況。如果要打倒赫爾穆特王國和現在尚未參與交涉的阿卡特神聖帝國，應該還會再出現犧牲者吧。」

「防衛隊目前預測會出現多少犧牲者？」

「推測至少會有兩千到一萬人犧牲。」

「至少兩千人……」

這種程度的損害，已經足以讓現在的魔國內閣總辭，並在下次選舉中淪為在野黨了。

長年沒有經歷戰爭的魔族，應該無法想像同胞的死亡吧。

「這還只是在單純的戰鬥中造成的犧牲者，如果要持續占領大陸……」

人類可能會將魔族視為惡毒的統治者並開始反抗。

既然正面作戰無法取勝，那就只能進行恐怖行為，如果要擊潰那些組織和基地，又會造成新的犧牲。

「十年內可能會有超過三萬人殉職。」

「我們不是擁有優越的技術，以及比人類還要多的魔力嗎！」

「確實如此，但依然不可能將人類的恐怖行動防範得滴水不漏。畢竟我們的人數遠比他們還要少。」

食物或許會被人下毒，睡覺時也可能會被偷襲。

人類和魔族的身體特徵並沒有太大的差別，舉例來說，魔族被美女引誘到沒人的地方殺害的案件應該也會增加吧。

「那就讓防衛隊大規模增員！」

「像之前徵召青年雜勤人員那樣嗎？」

「沒錯！」

「那些人應該馬上就會露出破綻，然後被殺害吧。」

防衛隊的幹部表示防衛隊的成員之所以強悍，是因為經歷過一定期間的嚴格訓練，即使突然讓青年雜勤人員成為正規士兵，也只會徒增傷亡。

「如果政府下令，我們當然會配合執行，但政府也必須為隨之產生的犧牲負責。」

「嗚嗚……」

在議會經歷過這樣的對話後，魔族政府就不可能再繼續主張出兵了。

雖然有些人還是在繼續鬧事。

「有些人開始提出魔族人類共榮圈，或是魔族人類共同體的理念。」

無論是左派或右派的政治思想，現在都在大吵大鬧。

「雖然這麼說鮑麥斯特伯爵可能會生氣，但我覺得主張征服大陸的那群人還比較好呢。」

「因為主張征服的人，姑且還有意識到自己在做壞事吧。」

「是啊。」

民權黨裡有很多人主張「為了教導人類民主主義，必須打倒那些代表古老弊害的王族和貴族」，不如說這些人還比較危險。

「他們都真心覺得自己是在做好事。」

不過，我現在也沒辦法做什麼。

我沒有參加交涉，只是在原地待命並像平常那樣生活。

雖然我沒有忘記要定期和陛下聯絡。

「即使現在急著交涉，也不會有什麼好結果。」

泰蕾絲說的沒錯。

雖然我很懷疑兩國的外交團是不是真的有在工作，但陛下似乎打算先把這些事交給他們處理。

「然而，有一件令人擔心的事情。」

「是指之前被拘留的琳蓋亞號，以及上面的船員嗎？」

「沒錯。坦白講，政府其實很想早點放人。」

「拘留他們有這麼花錢嗎？」

「畢竟如果傳出虐待拘留者的傳聞會很麻煩。拘留本來就要花錢，何況是像琳蓋亞號那樣的大船。以魔族的基準來說，那只是沒辦法使用的舊船。」

看來只有我們以為琳蓋亞號上那些被拘留的貴族、官員和船員是人質，而且會被當成交涉時的籌碼。

實際上拘留那些人員非常花錢，像琳蓋亞號那樣的舊船在魔國也派不上用場。

因為那艘船長期占用防衛隊的船塢，所以議會提議盡快將船還給王國，或許琳蓋亞號和艦長以下的人員很快就會獲得釋放。

「經費問題啊……」

「因為社會福利費用的增加，讓我國近年來的財政狀況變得非常緊張。我們公司也經常寫報導批評政府亂花錢。」

總覺得愈來愈覺得這些情況似曾相識了。

就在我這麼想時，魔導行動通訊機突然響了。

我立刻接聽，然後發現居然是陛下打來了。

『鮑麥斯特伯爵，其實朕有件事想拜託你。』

陛下連招呼都沒打，直接對我下達命令。

雖然口頭上說是拜託，但實際上就相當於無法拒絕的命令。

「是的，請問是什麼事？」

『其實，朕希望你能去看看被拘留的琳蓋亞號的人員們的狀況。』

「由我去嗎？」

『從對方說話的方式來看，他們似乎認為自己是先進的文明人，應該不會突然就拘留鮑麥斯特伯爵。因此，朕想拜託你直接前往魔國。』

「喔……」

雖然我對魔國有興趣，但還是無法完全排除魔族失控攻擊我的可能性。

「鮑麥斯特伯爵，魔族自認為是高度發展的文明國家！又不是以前的魔族，現在以正式外交特使的身分訪問很安全啦！」

露米似乎也對自己身為魔族感到驕傲，並努力說服我不用擔心。

的確，就連王國和帝國都只有在很久以前的戰亂時期斬殺過對方的使者。

已經超過一萬年沒經歷過戰爭的魔族，更不可能會做出這種事。

『剛才說話的是你之前報告過的那間報社的記者嗎？』

「嗯。」

『尤巴夏爾外務卿他們那邊毫無進展，真的是很令人傷腦筋。話雖如此，如果急於交涉，或許會被迫接受不利的條件。因此，朕希望鮑麥斯特伯爵能夠過去一趟，然後巧妙地解決這件事。』

「我這邊是沒關係，但沒有其他自願者想去嗎？」

雖然人數不多，但外務派閥應該還有其他貴族。

『每個人光是聽到魔國兩個字就開始害怕。最後甚至還說出曾在帝國內亂中立下戰功的鮑麥斯特伯爵是最適合的人選這種話。』

「唉……」

外務派閥的貴族平常被人戲稱為盲腸，看來他們大部分的人是真的很沒用。

『一切都交給鮑麥斯特伯爵了。請你以確認琳蓋亞號人員的狀況為最優先。你可以自由挑選隨行人員。』

「我明白了。我立刻啟程前往魔國。」

我當然無法拒絕陛下的命令，於是決定前往魔國。

第七話　索奴塔克共和國

「真是的，居然把這麼麻煩的工作交給我……」

「既然是陛下的命令，那就沒辦法了。」

「是這樣沒錯……」

伊娜，雖然是這樣沒錯。

但麻煩的事情還是一樣麻煩。

「男人一旦下定決心後，就不該再抱怨。」

「是，我知道了。」

唉，既然亞美莉大嫂都這麼說了……

「威爾真的很聽亞美莉小姐的話呢……你是小孩子嗎？」

「就說我是大人了！」

搭乘小型魔導飛行船往西航行一週後，我們總算抵達魔國。

雖然下次就能用「瞬間移動」過來，但我目前並不想再次造訪這個地方。

根據從摩爾他們那裡聽來的資訊，感覺這裡是個枯燥乏味的國家。

這個名叫索奴塔克共和國的國家面積大約有琳蓋亞大陸的四分之一，與其說是島，不如說是次大陸。

魔族的人口約一百萬人，整座島約有四分之一的面積是他們的生活圈，剩下的地區則是自然地區和魔物領域。

以前幾乎整個次大陸都有魔族居住，但隨著魔族人口減少，他們放棄的土地現在都被自然環境覆蓋。

因此，在無人地區也有很多遺跡，厄尼斯特偶爾也會去那裡進行發掘作業。

不過，最近幾十年國家以預算不足為由，不再替他提供資金，讓他幾乎無法再進行大規模的發掘。

厄尼斯特就是因為對此感到不滿，才會偷渡到琳蓋亞大陸。

「厄尼斯特，這裡是你懷念的故鄉喔。」

「雖然是很有效率的社會，但非常無趣呢。」

厄尼斯特從小型魔導飛行船的窗戶看著外面的港口回答，但他看起來並沒有特別感動。

眼前那座港口同時能讓海上的船隻和魔導飛行船停靠，不過因為只能看到冰冷的混凝土、貨櫃、起重機和組立式建築風格的建築物，所以很快就看膩了。

只看技術的話是很驚人啦……

和充滿傳統情懷的賽利烏斯不同，這裡明顯是以效率為最優先，無法發展成觀光勝地。應該也沒多少人類觀光客會想看這裡吧。

王國和帝國的政府相關人員，應該也不會想視察這裡吧。

極度重視效率的地方不只是港口，就連接下來看到的街景也是如此。

街上都是外觀相同的箱型住宅，道路也建得十分筆直，看起來就像並排在棋盤上的棋子。

「真虧你能獲准一起同行。你在祖國是被當成背叛者看待吧？」

與我們一起同行的導師向厄尼斯特問道。

其實不只是厄尼斯特，就連摩爾他們也和我們一起同行。

他們被當成我們的照顧者兼顧問。

魔族的人也不是笨蛋，所以當然有注意到他們，但魔族似乎仍在猶豫要怎麼處理厄尼斯特的偷渡出境和摩爾等人脫逃的事情。

厄尼斯特的偷渡行為，在魔族停止與大陸交流後就不再是重罪。

大家似乎都認為這種程度的事情根本不需要被處罰。

聽說魔族一直以來幾乎沒有人想出國，厄尼斯特算是久違的偷渡客。

至於偷渡到大陸國家境內的部分，則是該由阿卡特神聖帝國和赫爾穆特王國處理的事情，如果索奴塔克共和國對此有意見，就會變成干涉他國內政。

雙方原本就都不打算處罰厄尼斯特，以後應該也不會這麼做。

何況他現在已經接受鮑麥斯特伯爵家的庇護，所以也無法對他出手。

『他們留在這裡，是為了促進兩國之間的友好。』

再加上外交團中的民權黨相關人士用這個理由庇護三名青年雜勤人員，所以防衛隊也無法再多說什麼。

民權黨裡原本就有很多人討厭將防衛隊視為軍隊，因此事先牽制防衛隊，不讓他們以脫逃為由處罰摩爾等人。

目前的政權原本就只是為了博取民眾好感才短期僱用這些年輕人當雜勤人員，防衛隊也不對他們抱任何期待。

脫逃的不過是些原本就不抱期待的人，防衛隊也懶得處罰他們。

防衛隊最近非常忙碌，根本沒工夫理會摩爾他們。

所以這件事就被當成是他們在休息時遇難，然後被我們救了。

至於雜勤人員的工作，對外則是宣稱因為他們後來被我們僱用，所以防衛隊才終止了與他們的僱傭關係。

坦白講，雖然我對民權黨和那些外交團成員沒什麼好感，但那些人這次也算是幫了我們一個忙。

「唔……我們允許你們自由行動……以及和鮑麥斯特伯爵大人一行人同行……」

防衛隊的司令官即使一臉不悅，還是被迫不再追究摩爾他們的脫逃行為。

與其說是遵守文人治軍的原則，不如說單純只是處罰他們會遭到輿論和政府抨擊吧。

似乎也有新聞批評防衛軍用兼職方式僱用青年雜勤人員，根本是把他們當成用完即丟的道具。

「摩爾先生，這裡的建築物都長得一樣呢。」

這裡的街景過於井然有序，和王國完全不同，這點似乎讓伊娜覺得有些不自然。

「在魔國只有特別有錢的人，才會用自己的設計蓋房子。」

按照摩爾的說明，因為住宅市場幾乎都被幾間大企業壟斷，所以每間公司都只會建設外形幾乎相同的住宅。

跟現代日本的一些住宅一樣，都是先在工廠將材料加工到一定程度後，才運到現場組裝。

魔國的建商似乎凡事都以效率為優先，打算靠薄利多銷的策略生存下來。

拜此之賜，在最近的這幾百年裡，中小規模的建商和工匠數量大幅減少。

「蓋外形相同的住宅比較有效率，這樣不只比較便宜，還能蓋得比較快。」

雖然那些住宅的外觀看起來很廉價，但據說裡面寬敞又堅固，住起來也很舒適。

「即使如此，大家還是要貸款才能買。」

簡直就跟某個地方的上班族買房子一樣。

這讓我想起前世的狀況並感到有些悲傷。

當時的我既沒有結婚也沒有買房子，但每次參加公司的酒會時，都要聽已婚的前輩和上司抱怨房貸的事情。

「有錢人是住豪宅或訂製住宅。即使失業，也能入住政府管理的便宜集合住宅。」

「那些人就不是住在這些外觀相同的住宅裡了。畢竟那裡是給還算有錢的人住的住宅區。」

「這些都與我們無緣呢。失業人士根本買不起房子。」

反倒是窮人即使沒工作又沒錢也買不起房子，還是能夠免費住在因為人口減少而變成空屋的集合住宅裡。

由於政府會以社會福利的形式提供基本的服裝、食物和相當於零用錢的金錢，因此就算失業，生活也不會過得太糟糕。

相對地，似乎很少人會結婚。

即使與飢餓無緣，如果沒有工作和收入還是無法結婚。

這也算是讓人處於一種不上不下的狀態吧。

「雖然我覺得這樣的世界很美好……」

「是啊。」

「可能會沒什麼幹勁，但還是比王國的貧民好多了。」

艾莉絲、伊娜和露易絲三人，都覺得不用工作也有飯吃的魔國算是個美好的社會。

王國的都市必定會有的貧民窟，狀況確實非常糟糕。

那裡的衛生和營養狀態都非常惡劣，經常有小孩子因此喪生。

雖然很少人是直接餓死，但待在那裡非常容易生病。

相較之下，魔國確實是個美好的地方。

「不過，接受國家照顧的人很難結婚。畢竟養小孩很花錢。」

「例如長大成人前的教育費用。」

「養小孩可能比買房子或魔導四輪車還奢侈。」

魔族的學生時期很長，如果無法長期幫忙出錢，根本無法養育小孩。所以窮人無論男女都大多單身。

「如果是一個人勉強維持自己的興趣生活，倒是還有辦法。」

「魔族的未婚率已經超過四成了。」

「包含我的朋友在內……離婚的人也很多。」

聽完摩爾他們說的話後，我產生一種彷彿回到了前世般的錯覺。

「在軍港降落啊……」

「布蘭塔克先生，魔國沒有軍隊，是防衛隊。」

「明明他們的裝備那麼齊全？感覺好像是在玩文字遊戲。」

魔國的軍艦都是用王國和帝國無法製作的堅固金屬打造而成，速度也比魔導飛行船快。上面還裝備了許多魔砲，一旦開戰，兩國的空軍應該一瞬間就會潰敗吧。

從布蘭塔克先生的角度來看，說擁有這種船的魔國沒有軍隊，根本就只是詭辯。

「因為魔族沒有外國的概念，所以請你想成軍隊已經被改編成用來維持國內治安和壓抑反抗勢力的組織。」

「伯爵大人意外地適應得很快呢。」

與其說是適應得很快，不如說我對防衛隊的印象跟自衛隊很像，所以並不覺得有哪裡不自然。

按照事前協議，我們搭乘的小型魔導飛行船降落在防衛隊的基地裡。

「鮑麥斯特伯爵，辛苦各位遠道而來。我叫拉格，是二級佐官。」

防衛隊的年輕將校笑著出來迎接我們，但一看到脫逃的摩爾他們和偷渡出境的厄尼斯特就皺起眉頭。

他應該有很多話想說，只是礙於立場無法開口，但又無法將所有心情都藏在心裡。

「辛苦各位帶路了……」

「雖然你可能對吾輩有很多意見，但你是不可能有辦法處罰吾輩的。只要調查一下就會知道，魔國的法律漏洞百出到可笑的地步。」

厄尼斯特明明從魔國偷渡出境，卻一點都不覺得有罪惡感。

因為他趁有空時調查了一下魔國的法律，發現完全沒有關於偷渡出境的罰則。

雖然可以理解，但要是他能稍微裝出反省的樣子，這位年輕將校應該也能接受吧。

只是厄尼斯特根本就不可能像那樣顧慮別人。

「雖然偷渡出境違法，但沒有罰則。你是防衛隊的拉格二級佐官吧？法律具備多層性，在立法時可不能偷工減料呢。」

厄尼斯特像個學者般針對偷渡出境沒有罰則這點大做文章，讓魔族將校的眉頭皺得更緊了。

但立法的人又不是他，責備他也太沒道理了。

「按照政府的見解，因為防衛隊不是軍隊，所以即使脫逃也沒有罰則。」

「正確來講，即使是防衛隊的正規隊員，罰則也是監禁一年以下，罰金百萬元以下呢。」

「不過，青年雜勤人員並沒有被包含在適用範圍內。」

什麼樣的老師就會教出什麼樣的學生。

他們的頭腦莫名地好，指出法律漏洞時也毫不留情。

拉格二級佐官的臉不斷抽搐。

「你們不過是為了政治家們的方便才被判無罪，並被指派為鮑麥斯特伯爵一行人的嚮導。我勸你們最好不要太過囂張。何況你們的這種態度，可能會讓鮑麥斯特伯爵的形象也跟著變差。」

雖然政治家是那副德性，但防衛隊的精英將校似乎大多都非常能幹。

他以堅毅的態度回應厄尼斯特他們的諷刺。

「真是失禮了。因為在這個國家無法發掘遺跡，所以剛才只是一介考古學者在發牢騷罷了。希望你別放在心上。」

「我會好好完成工作，剛才只是想趁機抱怨一下而已。」

「畢竟我們跟你這位精英不同，都是失業人士。」

「青年雜勤人員的工作根本看不見夢想與希望。我之後在公開場合會自我節制。」

「我明白了。希望鮑麥斯特伯爵一行人待在這裡的期間，你們能好好支援他們。」
幸好拉格二級佐官和厄尼斯特他們順利和解了。
本來以為要是雙方起爭執會很麻煩，幸好厄尼斯特他們比想像中還要成熟。
不如說讓這種程度的人才沒工作，對國家來說是很大的損失吧……
不過，考慮到羅德里希的案例，王國的狀況或許也一樣？
「老師，我剛才捏了一把冷汗呢。」
直接跟我們一起來的露米，剛才似乎為恩師和學弟們的言行捏了一把冷汗。
她向剛才挑釁拉格二級佐官的厄尼斯特抱怨。
「請妳不要對外發表。」
「怎麼可能寫成報導啊！唉，反正我在成為專門負責採訪鮑麥斯特伯爵的人員後，已經獲得總公司的許可，現在多的是報導可以寫。」
露米之後預定要寫跟我們有關的報導。
以新人記者來說，這算是特殊待遇，但眼尖的露米確實是最早請我們接受採訪的人。
政治方面的主流報導，果然還是都在關注於泰拉哈雷斯群島進行的交涉發展，就算讓露米這個新人記者負責採訪我，也不會招來其他記者的嫉妒。
「搶攻勞搶到忘我的記者啊……」
「將報導當成出人頭地的道具，新聞記者也腐敗了呢。」

「報社也是公司，如果不賺錢就沒意義了。」
「我的學弟們個性也太扭曲了吧……」
露米抱怨完持續批判媒體的摩爾等人後，靜靜地開始準備採訪。
「那麼，我們該做些什麼？」
「親善外交。」
「親善外交啊……」
我對艾爾說明這次的工作內容。
我們沒有任何交涉權限，但索奴塔克共和國政府希望釋放之前拘留的琳蓋亞號和船上的人員。
不過，如果無條件釋放他們，選民們或許會批評索奴塔克共和國政府的態度過於軟弱。
所以我們的工作就是對索奴塔克共和國表現出友善的態度，讓輿論對王國產生好印象。
這是陛下的提案。
認為自己的政治體制非常進步的魔族，應該會對陛下的這種想法感到驚訝，但無論是當國王或皇帝都一樣，必須要受到民眾的愛戴。
所以當然能想出這樣的方法。
「鮑麥斯特伯爵的報導也廣受好評呢。」
每日期刊的新人記者露米・柯蒂斯之前寫了關於我們的報導。
「因為鮑麥斯特伯爵跟我們魔族印象中的貴族不同，不僅有平民的一面，對妻子們也很溫柔，有空還會照顧孩子。」

魔國的人們似乎覺得我是個非常親切的年輕貴族。

還說新世代的貴族就該如此，魔族與人類變得友好的日子即將到來。

雖然感覺他們對我有很嚴重的誤解，不過陛下似乎覺得只要將我們送到魔國，就能促進雙方的交涉。

為了營造出和睦的氛圍，我還帶了妻子和小孩同行。

「魔國的政治家參加地方活動時都一定會帶著妻子。如果也有帶孩子一起去，給人的印象會更好。」

這次帶妻子與小孩同行，是參考了協助我們的露米的意見。

「我和艾爾的小孩還未滿一歲，就已經有出國旅行的經驗了呢。」

「但不會有危險嗎？」

帶孩子去可能成為敵國的索奴塔克共和國，讓艾爾感到有些擔心。

「以威爾的情況來說，甚至可能會有家族斷後的風險吧。」

如果魔族打算加害我們，我的妻子和小孩應該都會被我牽連。

「我們就是為了預防這點才跟來。」

「沒錯，我們會幫忙爭取時間。」

我能使用「瞬間移動」依序帶艾莉絲他們逃跑，這段期間，導師和布蘭塔克先生會擔任我們的護衛。

「不曉得是因為魔力在帝國內亂中有所提升，還是師傅傳授的提升精密度的訓練有了效果，我的『瞬間移動』現在一次可以帶十五個人，所以只要兩趟就能把大家都帶回去。」

所以，我這次才會把女僕和家臣們留在賽利烏斯。

「我就說魔國不是那種會殺害外交特使的野蠻國家了。」

雖然露米對自己的國家有許多不滿，但並不討厭這裡。

她肯定魔族不會像那樣破壞規矩。

「唉，那就好。」

「艾爾文先生，相信我們啦！」

「在最壞的情況下，只要能讓威爾逃走就行了。畢竟威爾還很年輕。」

只要我還活著就能繼續生小孩，不會讓鮑麥斯特伯爵家斷後。

雖然艾爾平常表現得有些輕浮，但他的想法意外地現實。

「這次沒有帶無法保護自己的女僕來，所以應該還好吧。」

「哎呀，有我在吧。不過這種事也只能順其自然了。我第一次出國旅行，所以很期待呢。」

「女人真是堅強……」

亞美莉大嫂也有跟我們一起來。

她完全不會對魔國感到不安，讓艾爾佩服不已。

「魔國的景色真是冷清呢。不過只要和威爾在一起就能去各種地方，非常有趣呢。」

「因為這裡是極度重視效率的社會。帝國之後也必須跟魔國交涉，彼得大人又會變得更加辛苦吧。」

泰蕾絲說的沒錯，帝國之後也必須和魔國接觸。

至今仍忙著振興國家的彼得將會愈來愈忙。

「如果是泰蕾絲，會怎麼和魔國交涉？」

「沒有人能夠預料到會與魔族接觸。只能邊觀察狀況邊一點一點地交涉了。應該沒什麼能夠一口氣讓狀況變好的對策吧。」

「政治真是不容易呢。」

亞美莉大嫂和最要好的泰蕾絲一起看著底下的防衛隊基地聊天。

「歡迎各位遠道而來。」

一位似乎是基地司令官的大人物出來迎接我們，但為什麼要在這種荒涼的基地迎接我們這些外交特使呢。

我明明聽說索奴塔克共和國有供一般民眾使用的機場。

「其實機場那邊……」

基地司令官露出非常愧疚的表情。

這是因為……

「打倒奉行老舊君主制的王國，將我們魔族優越的民主主義傳入琳蓋亞大陸！」

「為此必須重新組織國軍！將軍隊擴大到現在十倍的規模，出兵大陸！」

「鮑麥斯特伯爵，歡迎你來。讓我們來告訴你民主主義有多美妙吧。然後，就讓鮑麥斯特伯爵領地成為大陸民主主義的發祥地吧。」

「大概就像這樣吧。如果我們無法確保鮑麥斯特伯爵大人的安全，將會有辱索奴塔克共和國的名聲……」

基地司令官非常愧疚地向我們說明狀況。

因為覺得自己信奉的民主主義比君主制優秀，所以必須讓落後的人類們明白這一點。

不對，應該說魔族必須統治整個大陸，教導那裡的人類何謂民主主義。

抱持這種想法的市民團體和政治團體似乎湧入了機場。

「防衛隊是最理智的一群人啊……」

想打著民主主義的名號，向抵達機場的我們宣揚自己的政治主張是他們的自由。

不過，如果提出的主張是「你們的國家太爛了，讓我們來解放你們」或「讓我們來教你們何謂民主主義」，那根本就無法讓雙方變得友好。

其他貴族或許一聽就會大發雷霆。

「站在我們的立場，也很慶幸這次的外交特使是鮑麥斯特伯爵大人。據說你對索奴塔克共和國的情況有很深的了解……」

「不能驅逐那些聚集在機場裡的怪人嗎？」

「鮑麥斯特夫人，那些人大多是民權黨的支持者……」

民權黨的政治家似乎大多是活動家出身。

如果警告那些怪人，或許會讓這些政治家陷入下次落選的危機，所以別說是警告他們了，這些政治家甚至還可能積極提供協助。

「鮑麥斯特伯爵大人待在這裡的期間，防衛隊一定會確實保護好你的安全，所以請你放心。」

「那個……你們好像很辛苦，還請多多保重。」

在目前的索奴塔克共和國當中，最值得信任的居然是防衛隊，這個現實讓我察覺外交特使的工作比想像中還要辛苦。

當我們總算抵達魔國並在旅館放完行李後，一位年長的魔族告訴我們：

「鮑麥斯特伯爵，我任命你為凱爾多尼亞市的觀光大使。」

這位看起來像低階官員的魔族，似乎是索奴塔克共和國邊境某個正面臨人口外流問題的地區的市長。

那裡主要的產業是農業與觀光，由於年輕人口不斷外流，那裡正在努力阻止人口繼續減少。

「如果我國和赫爾穆特王國能夠完成交易交涉，兩國的人民或許就能自由旅行。到時候，請務必來凱爾多尼亞市觀光……」

「哎呀——鮑麥斯特伯爵真有名呢。」

呃，這都是因為妳寫的新聞報導吧。

一旁的魔族記者露米，像是覺得事不關己般說道。

「夫人，凱爾多尼亞市是個好地方喔。」

市長說完後，就將觀光導覽手冊交給我們。

魔族的印刷技術也遙遙領先王國和帝國。

「這裡的自然環境很豐富呢……」

雖然這種不直接批評的委婉說法很有艾莉絲的風格，但凱爾多尼亞市與其說是自然環境豐富的鄉下，不如說是只有自然環境的鄉下。

就算想發展觀光，我也不覺得王國人民或帝國人民會想花高昂的旅費來凱爾多尼亞市。

「（自然環境豐富能算是一種觀光資源嗎？）」

艾爾小聲地問我。

艾爾自己就住過自然環境豐富的鄉下，所以無法理解為什麼會有人特地花錢和時間來看這些東西吧。

「（嗯——誰知道呢？）」

如果魔族和人類開始交流，或許真的會有人想去國外觀光。

但那些人或許會覺得去看過一次就夠了，最後就不會再有新的觀光客來。

「請鮑麥斯特伯爵之後務必要來凱爾多尼亞市觀光。」

「呃……希望我之後會有空……」

其實因為我們是被視為外交特使，所以我還不曉得我們後續的行程。

魔國的政府似乎也還在猶豫該如何接待我們。

「這樣啊，真遺憾。你留在我國的期間，請務必考慮過來觀光。」

市長說完後將伴手禮交給我們，然後就離開了房間。

他送的伴手禮是凱爾多尼亞市產的農作物。

雖然都是些常見的農作物，但魔族的品種改良與栽培技術果然遠遠領先王國。

「這些蔬菜的品質都很不錯呢。」

既然連艾莉絲都這麼說，那就更可以確定了。

「那個人到底是來幹嘛的啊？」

「他想透過任命威德林為觀光大使達到宣傳效果，但又不想支付報酬，所以只能委婉地拜託人去觀光。算是想請人掛個名吧。」

泰蕾絲代替我向卡特琳娜說明。

「那樣有意義嗎？」

「誰知道。如果那個市長真的這麼有能力，凱爾多尼亞市人口外流的問題或許早就已經獲得解決了。」

雖然泰蕾絲講話很毒，但我也不認為只要任命我為觀光大使就能解決凱爾多尼亞市人口外流的問題。

「老公，我們應該先把能做的工作處理好吧？」

「工作？」

「確認琳蓋亞號的船員們是否平安無事。」

「說得也是。」

在卡琪雅和薇爾瑪的提醒下，我們前往防衛隊的拘留所。

琳蓋亞號的船員們都被拘留在那裡。

基於警備考量，能去會面的人數有限，所以只有我、艾莉絲、導師、布蘭塔克先生和莉莎過去。

「我還在想為什麼暴風雪莉莎也要一起去，原來妳認識那個用魔法攻擊魔國的魔法師啊。」

「是的。我以前有稍微指導過他。」

「總覺得好不習慣。」

布蘭塔克先生認識的莉莎，是服裝和妝容都很華麗、講話粗魯的大姊頭類型。

而她現在變成了一個普通的漂亮姊姊，讓他感到非常不習慣。

「那要我化妝嗎？」

「不用了，現在這樣就好。」

布蘭塔克先生搖頭拒絕了莉莎的提議。

即使有點不自然，他還是覺得現在這個好相處的莉莎比較好。

「是鮑麥斯特伯爵大人吧。這邊請。」

我們在防衛隊隊員的帶領下前往拘留所，由冰冷的混凝土打造的建築物內部十分整潔，琳蓋亞號的船員們看起來並沒有遭受虐待。

「因為我國禁止對犯人使用暴力或加以虐待。」

魔國是個文明的國家，所以在這方面值得信任。

穿過幾個附鐵欄杆的入口和通道後，我們抵達一個像接見室的場所，已經有四名男性在那裡等著我們。

首先是琳蓋亞號的艦長和副艦長，我之前打倒骸骨龍時有見過他們。

然後是另一名副艦長，據說他就是莫名下達攻擊命令的始作俑者。

也就是那個講話很吵的普拉特伯爵家的少爺。

剩下的那個人，應該就是突然施放魔法的魔法師吧。

他的魔力量還不到中級，所以每一個魔族都比他強。

「喔喔！這不是鮑麥斯特伯爵大人嗎？你看！魔族居然用如此不合理的方式對待我這個普拉特伯爵家的繼承人！請你立刻向陛下報告，向魔族提出抗議！」

應該是久違地在這個沒有其他人類的國外遇到同胞，讓他感到很開心，但突然做出這樣的發言實在不太妥當。

除了他以外，在場的人都有發現在室內擔任警衛的隊員們表情變得不太開心。

「還有啊。快點叫他們釋放我。只要你願意幫忙，我父親一定會答謝你。」

「（這傢伙為什麼這麼囂張？）」

就算問我這個問題，我也不曉得該怎麼回答。

「（大概因為他是笨蛋吧？）」

我頂多只能像這樣小聲回答布蘭塔克先生。

這個回答真的是一點都不有趣。

「很遺憾，我只是來確認各位平安無事，我沒有權限就釋放事宜與魔國進行交涉。請各位靜待目前正在進行的交涉結果。」

「就不能想想辦法嗎！至少先把我一個人救出去！」

「真是個無可救藥的傢伙呢。」

面對普拉特伯爵家少爺自私的發言，導師沒有放低音量，直接公然批評他。

「你這傢伙！區區一個隨從……導師？」

「連在下都不認得的傢伙，沒有資格參與國防！還是被拘留太久，讓你的腦袋變痴呆了？」

導師毫不留情的發言，讓那位少爺嚇得整個人縮成一團。

看來這傢伙雖然是個笨蛋，但還是能夠理解惹導師生氣有多恐怖。

「算了啦，導師。等交涉結束後，他們應該就會獲得釋放。話說叫安納金的年輕人，我們有問題要問你。」

安納金是之前施放魔法的魔法師的名字。

「是……」

就連小孩子都知道我們要問什麼。

或許是覺得自己將接受懲罰，他露出陰沉的表情。

「不好意思，其實負責問你的人不是我。」

布蘭塔克先生說完後，就將莉莎介紹給他。

「咦？我們是不是曾經在哪裡見過？」

安納金只認識以前那個服裝和妝容都很華麗的莉莎，即使看見現在的她也認不出來。

「你不知道我是誰嗎？」

「呃，我有認識這麼漂亮的人嗎？」

「咳。那我稍微恢復以前的語氣……混帳安納金！我好不容易把你教到能獨當一面地使用魔法，你為什麼要得意忘形地亂用魔法！小心我把你凍起來！」

「啊————！大姊頭！」

因為莉莎恢復原本的語氣，安納金總算認出她了。

「對不起！對不起！」

「好了，快給我老實招來。」

安納金在自己的魔法老師莉莎面前完全抬不起頭，只能磕頭如搗蒜地開始說明事件的狀況。

其實，這也是陛下拜託我們做的事情。

『關於普拉特伯爵家的笨兒子，只要確認他人平安就好。再來就是保險起見，要問清楚事件的詳情。』

基於陛下的指示，我們決定先掌握事件的核心部分，聽聽未經允許就發射魔法的犯人怎麼說。

「那是普拉特副艦長的命令。他說如果我不攻擊，就會以違反命令為由處罰我。」

「你這傢伙！是想把擅自攻擊的責任都推給我嗎！」

坐在旁邊的普拉特伯爵家的少爺，對安納金的證言表達不滿。

看來這傢伙原本打算把責任都推給安納金一個人，讓自己能夠全身而退。

既然如此，為什麼不乾脆一開始就別這麼做？

「你可以閉嘴一下嗎？」

「你說什麼？你以為我是誰！」

「你是普拉特伯爵家的公子吧？我是『鮑麥斯特伯爵』，你有什麼意見嗎？」

「……」
雖然這種作法很討厭，但如果想讓愚蠢的貴族閉嘴，就只能靠地位來壓制對方。
他只是一個繼承人，還沒當上伯爵。
換句話說，他的身分比我卑微。
「而且，王國早就收到防衛隊提供的調查報告了。」
雖然這個笨兒子的父親普拉特伯爵與其勢力，都主張這個笨兒子的失控是魔族找的藉口，但大部分的貴族都開始相信這份調查報告的內容。
看來他平常似乎是個還算優秀的兒子，只是一遇到突發狀況，就會採取奇妙的行動。
最後一旦陷入這種狀態，就會將平常隱藏起來的傲慢全部發揮出來。
某方面來說，他搭上琳蓋亞號也算是運氣不好。
「鮑麥斯特伯爵大人，兩國的交涉什麼時候才會結束？」
「大概就快了吧？」
我當然是在說謊。
不過，即使告訴他們交涉毫無進展，也只會造成他們的不安。
不如說來到魔國後我才發現，關於釋放琳蓋亞號的事，目前還是只有泰拉哈雷斯群島的那些人有權交涉。
我開始搞不懂自己到底來這裡做什麼了。

根本就只是來露個臉。

「可以帶慰勞品給他們嗎？」

「不好意思，我們必須預防他們使用那些東西脫逃……」

防衛隊的隊員非常愧疚地說道。

書有可能被當成燃料，酒瓶等容器可能被當成武器，所以他們禁止別人帶慰勞品進來也很合理。

「我想喝王國產的酒耶。」

「「「「……」」」」

只有普拉特伯爵家的少爺完全不會察言觀色，連導師都對他的任性發言啞口無言。

「呃，弗嘉艦長和貝基姆副艦長。如果你們遇到了什麼困擾，請跟我們聯絡。」

「非常感謝。雖然我們遭到拘留，但生活上並沒有什麼不方便的地方，只希望交涉能夠儘早結束，讓我們獲得釋放。」

「是啊。雖然這裡的伙食也不錯，但還是比不上自由。」

雖然其他船員也是如此，但果然超大型魔導飛行船的人員都是精挑細選的人才。

他們沒有說喪氣話，堅強地回應我們。

「最好快點釋放我。不然就等於是與普拉特伯爵家為敵喔。」

只有一個人果然不會察言觀色……

「這隻蒼蠅的聲音實在有夠吵！」

「唔！」

因為普拉特伯爵家的少爺表現得實在太誇張，導師用特別手下留情的手刀將他打昏。

導師的動作快到防衛隊的隊員完全來不及反應。

他們就這樣僵在原地。

「他好像自己跌倒，然後就昏倒了。麻煩把他丟回自己的床上。」

「我明白了……」

隊員們似乎也很討厭這位少爺的態度，他們沒有特別責備導師，讓幾名隊員將他搬回單人房了。

「真是個無可救藥的蠢蛋呢。」

「導師，你這樣不會與普拉特伯爵家為敵嗎？」

「布蘭塔克大人，在下隨時願意接受決鬥。」

這就是導師能夠順應自己的心意對待討厭貴族的理由。

他總是公開表示如果有意見可以找他決鬥。

沒有人會想認真與他決鬥，所以很少有人敢公開對導師提出抗議。

不過，也只有導師有辦法用這種手段……

「不好意思，那個笨蛋給你們添麻煩了。那種人其實很少見。」

為了王國貴族的名譽著想，不知不覺當上貴族的我幫忙解釋狀況。

這段路真的是非常漫長。

考慮到前世的事情，我明明比較適合待在魔國……

「每個社會都有一定數量的笨蛋，這點我想魔國應該也是一樣的。」

「沒錯。政治家、高官，以及經營大企業的家族。這些家族的笨蛋兒子偶爾會掀起騷動或引發事件。」

這方面的事情，無論君主制或民主主義都沒什麼差別。

那些人會靠金錢與權力隱蔽笨蛋兒子的醜聞。

「只要別讓那傢伙餓死就行了，請讓他活到交涉結束。」

「好的，我們會盡我們的義務。」

雖然正在與王國交涉的魔族政治家都有點微妙，但在第一線工作的魔族大多都是正經人。

相較於那個笨蛋少爺，我對這些人的印象要好上幾百倍。

就在我想著這些事情時，又有一個不會察言觀色的笨蛋遭到了制裁。

「話說大姊頭，我聽說妳結婚了。原來妳有辦法結婚啊。」

「……唔……」

「啊……笨蛋……」

安納金還來不及閉上嘴巴，默默發怒的莉莎已經發動了與她的外號相符的魔法。

她沒有使用凍結，而是用超硬的冰塊做出監牢把安納金關起來。

「大姊頭，這裡面好冷。」

「人就算待在寒冷的地方一整天也不會死。」

「大姊頭，對不起啦——！我換個說法！居然娶大姊頭為妻，鮑麥斯特伯爵大人真是太有男子氣概了！」

「這傢伙真的是個笨蛋呢……」

繼續失言的安納金被關進兩層寒冷的冰牢，被迫在沒有暖氣的情況下，在裡面待上兩天。

＊　＊　＊

「那麼，我們的工作結束了。」

「老公，問題真嚴重呢。」

「嗯，我也不曉得該怎麼辦。」

會見完被拘留的琳蓋亞號人員後，我們回到住宿的飯店，但還沒有人通知我們後續的行程。

艾爾吃著放在飯店房間裡的點心，觀察點心的包裝紙，遙也在思考回到鮑麥斯特伯爵領地後，能否重現這種點心。

艾莉絲、亞美莉大嫂、伊娜和薇爾瑪則是在照顧孩子們。

雖然我們以外交特使的身分來到這裡，但完全不曉得之後會發生什麼事，我整個人癱坐在沙發上思考，但我也跟卡琪雅一樣不曉得該怎麼辦。

「首先，我們並沒有被賦予交涉的權限！」

別說是雙方一直沒有結論了，我甚至擔心雙方會因為價值觀的差異導致交涉破裂，但不隸屬於外交團的我們根本無事可做。

我本來是這麼想的，但我們隔天就被帶去各種地方。

在投宿的旅館吃完早餐後，我們被用在魔國似乎很普及的巴士型魔導四輪車載到了養老院。

我大概知道是怎麼回事了。

就是國外的大人物來到日本後，一定會被安排的行程。

播放他們親切地與老人互動的影片，讓國民對他們產生親切感。

「鮑麥斯特伯爵一行人今天特地拜訪了養老院，與住在這裡的老人們度過了一段歡樂時光。」

變成我們的隨行記者的露米．柯蒂斯，在自言自語的同時替之後要寫的報導做筆記。

「（露米，妳真的這麼覺得嗎？）」

「（哎呀，魔國的政治家都喜歡這種畫面。這樣也能給一般大眾好印象吧。）」

雖然露米這麼說，但厄尼斯特他們都露出冷淡的表情。

而且露米在提及能給大眾好印象時，自己的反應也相當冷淡。

「（雖然還是有些人吃這一套，但有一半的人已經看穿這只是政治表演。）」
厄尼斯特這些魔族成員假扮成我的護衛，以避免與老人們交流。
「（摩爾，過來幫忙。）」
「（欸——我才不要。）」
「（話說回來，還真是值得一看呢。）」
雖然不曉得有什麼意義，但我們一起聽老人說話，陪他們一起玩球，完成了自己的工作。
其中導師和老人一起玩球的景象，看起來格外詭異。
我強迫摩爾等人工作，既然他們已經被我和政府僱用，就應該要一起過來陪伴老人。
「（知道了啦……）」
「（你們真的很討厭陪老人呢……）」
「（因為……）」
魔族也和人類一樣，曾經有過應該要珍惜老人的想法。
所以，魔國內持續擴建用來照顧年老魔族的養老院，但現在老人的人數明顯增加，讓年輕的魔族過得愈來愈辛苦。
「（消費稅已經漲到了百分之三十，不過只要一喊出削減老人福利預算的口號就一定會落選，所以沒人敢動這塊。如果不把錢用在年輕人身上，要怎麼解決少子化問題。）」
既然是透過選舉選出政治家，政策自然會傾向優待手中握有許多選票的老人。

基於這樣的理由，最近年輕世代的投票率大幅降低。

「（大家的心情都好低落……）」

即使如此，工作還是必須完成，摩爾他們也在養老院做了足以寫成新聞報導的事情。

「這算是跟政治有關的活動嗎？真是莫名其妙。」

離開養老院後，導師露出「無法理解我們為什麼要做這種事」的表情。

「貴族和大商人也會捐錢給孤兒院或參加教會的慈善活動吧。就跟那些事一樣。唉，只是那裡還附了老人的選票……」

「靠選舉被選上的議員，給人的印象和貴族很像呢。」

「很多議員都會利用特權吸引選票，再讓自己的孩子繼承自己的政治地盤吧？感覺很像呢……」

「導師、布蘭塔克先生，我們會透過報導監視他們啦。」

話雖如此，或許露米在心裡的某處，其實也對魔國的現況抱持疑問。

畢竟她可是厄尼斯特的學生。

「記者姊姊，即使是在王國，沒用的貴族還是有可能被監禁起來。」

「不過，他們不會因為落選而失業吧……不對，我們在這裡爭執這個也沒用。畢竟接下來要訪問的地方是幼稚園。那是一座環境良好的實驗設施，目的是藉由支援職業婦女來提升生育率。」

我們在將自己的小孩交給別人照顧的狀態下，完成了照顧別人的小孩和陪別人的小孩玩給記者們看的工作。

雖然真要說起來，這個和地球相似的社會讓我感到比較親近，但我實在無法喜歡上魔國。

＊　＊　＊

「重點是我們在此的意義到底是什麼？」

其他方面的交涉毫無進展，我們則是被當成用來吸引客人的熊貓。

「回去找腓特烈他們吧……」

「說得也是……」

艾莉絲他們也對奇妙的魔國感到疲憊。

我們決定回去找幫忙照顧腓特烈他們的亞美莉大嫂。

「歡迎回來。孩子們的狀況都很好喔。」

在那之後的一個星期，我們持續走訪各地。

我們訪問了各種地方，偶爾還會與魔國的政治家見面或出席晚會。然後，包含露米所屬的每日期刊在內，許多記者都將我們的這些事蹟寫成了報導。

「威爾，我上報紙了。」

看見自己出現在新聞報導的照片上，似乎讓露易絲感到很開心。

不過，在我們來訪魔國約十天後，新聞就不再刊登與我們有關的報導了。

「唉，大眾對我們的興趣已經消退了。」

「鮑麥斯特伯爵，你的想法真現實！」

從已經一萬年以上沒交流過的人類國家來訪的貴族，帶著許多妻子到各地訪問，替人們提供話題，但魔族似乎已經膩了。

所有報紙的頭版都變成了「國立動物園的黑白熊生下雙胞胎」。

「真過分。魔國的人民到底是怎麼回事？」

「伊娜，我們這樣還算好了。」

仍在泰拉哈雷斯群島進行交涉的外交團報導，甚至被趕到了政治版的角落。

即使只有十天，但能登上頭版的我們已經算很好了。

「而且，就連在政治版都不是頭版……」

該如何解決養老院不足和如何維護設施的問題？

偽造食品產地的案例增加，是否該進行修法？

削減社會福利費用的問題。

這些報導占據了大部分的版面。

比起從來沒見過的外國人，大部分的魔族更優先關注其他切身相關的問題。

他們至今都沒在關注國外的狀況，所以應該也非常缺乏危機感。

「魔國比我們的國家還要富裕。不過……」
雖然有很多人失業，但他們並不會餓死。
因為他們的食衣住都獲得最低限度的保障。
然而，泰蕾絲也察覺這個國家不知為何存在著一種令人窒息的感覺。
我也覺得待在這種與前世接近的環境，實在是讓人難以平靜。
「威德林，你作為外交特使的工作已經幾乎都結束了吧？還是早點離開這裡比較好喔。」
「我也希望能夠這麼做。」
我覺得泰蕾絲說的沒錯。
雖然我們在交涉持續沒有進展的情況下，試著來到了魔國，但根本不曉得我們是否有派上用場。
我們沒有進行任何實際的會談，只是配合魔族的人被帶到各地展示給大家看。
不過，是陛下命令我來這裡的。
既然兩國的交涉毫無進展，除非之後的狀況有些眉目，否則我無法離開這裡。
「我已經想回去了。」
「艾爾，我們還不能回去。」
因為這裡跟我以前待的世界很像，所以我本來還想四處逛逛，但看來我已經習慣了這個異世界。
我對魔國毫無留戀，但我也不能擅自回國。
迫於無奈，我只能每天待在旅館裡，以照顧小孩為優先。

「喂，按照常理，政府應該要幫我們安排行程吧？」

布蘭塔克先生向現在和我們一起行動的露米提出疑問，但她的回答出乎我們的預料。

「我想在一開始的第一星期，鮑麥斯特伯爵你們就已經沒有利用價值了。」

「那是什麼意思？」

「這是政權交替造成的弊害。」

即使飽受批評，但國權黨過去一直持續掌握政權，直到追求變化的魔族將票投給了民權黨。

他們在政治方面大部分都是外行人，而且民權黨裡也有分保守和革新勢力，那些勢力都各自恣意妄為。

聲音大的人比較能吸引關注，他們向媒體陳述自己不合邏輯的意見，政府也因為受到那些意見的影響而無法決定政策方針，所以才打算利用我們蒙混過去。

「就是利用迎接外交特使來假裝自己有在做事，藉此將交涉毫無進展的事實蒙混過去吧。」

「真過分。」

「新聞從業人員裡有許多民權黨的支持者，所以也不方便抨擊他們。」

「因為從事新聞業的人多少都帶有一些反權力和反國家的性質，所以會想支持立場偏向市民的民權黨政權吧。」

「喔喔！鮑麥斯特伯爵真了解狀況。」

雖然獲得了露米的誇獎，但我只是因為擁有前世的知識。

「只是我不清楚民權黨是否具備作為執政者的能力。」

考慮到他們一直以來做事都拖拖拉拉的，我實在不覺得他們有那個能力。

報紙上刊登的記者意見，內容都是「民權黨還是首次執政，必須再觀察一段時間」。

如果是平時也就算了，在人類國家與魔國產生爭執時，還說什麼「因為缺乏經驗，所以就算處理得不夠好也無可奈何，要用長遠的眼光來看」，只會讓人感到困擾。

「我不能批評其他國家的政治。畢竟我是赫爾穆特王國的貴族，那麼做會變成企圖干涉內政。」

「魔族倒是很想干涉我們國家的內政呢。」

伊娜如此說道。

最近每天都會有市民團體或政治團體來我們住的旅館前面，然後被防衛隊趕走。

防衛隊的人表示「跟他們來往只是浪費時間」。

我沒有權限接受他們的要求，所以很慶幸不用與他們見面。

就算他們對我說赫爾穆特王國與阿卡特神聖帝國是落後的封建主義國家，應該改成透過選舉選出政治家的民主制，也只會讓我感到困擾。

看在伊娜眼裡，那些人才是積極地想干涉他國內政。

「那些人不是政治家，所以不用理會他們。」

「咦？那他們是什麼人？」

「一群沒工作的閒人。」

按照厄尼斯特的說明，因為他們就算失業也能生活，所以許多人都把多餘的時間用在政治活動上。

「用來消磨時間嗎？」

「這種人很多呢。只要批評上面的人就覺得自己變偉大，藉此發洩壓力。因為他們多的是時間，所以也有人像民權黨的政治家那樣順利選上議員。這也是一種工作啊。」

「那是工作嗎？」

「當然，也有人單純只是希望能夠改善國民的生活。但現實是那種認真的人數量很少，而且通常很不起眼。」

厄尼斯特這段誇張到不曉得是不是事實的說明，讓伊娜驚訝不已。

「總而言之，跟魔國扯上關係絕對不會有什麼好事。交涉的事情，就交給之前一直都很閒的外務卿他們吧。」

我們是基於陛下的命令才造訪魔國。

這樣應該就夠了。

「厄尼斯特，我已經吃膩旅館的菜了。」

「說得也是。鮑麥斯特伯爵對平民的餐點很有興趣吧。」

「畢竟在旅館和我們訪問的地方都吃不到。」

由於魔國對待我們的方式愈來愈隨便，也沒有幫忙安排工作，我們決定去逛街。

雖然對負責保護我們的防衛隊不好意思，但繼續待在旅館裡一定會無聊死。

「老師，這種時候應該帶伯爵大人去連鎖餐廳吧？」

「畢竟他們應該已經吃膩高級旅館的料理了。吾輩很喜歡這間店的漢堡套餐。」

因為我們帶著小孩一起出門，厄尼斯特將一大群人帶到了一間像家庭餐廳的餐廳。

周圍的人本來還在想厄尼斯特怎麼把外國的伯爵大人帶到魔國的平民餐廳……但原來是他自己想吃。

「這間店真漂亮。」

「餐點的種類很豐富呢。」

魔國的家庭餐廳，與我前世的日本家庭餐廳非常相似。

這裡的餐點種類非常豐富，價格也幾乎都在一千元以下。

店家端出來的料理，全都超過一般水準。

不過因為是用現成的食材組合而成，所以也不到特別好吃。

看起來就像是即食食品。

我稍微嚐過味道後，就將裝著焗烤飯的盤子推給艾爾。

「味道還算可以。如果是在狩獵的過程中吃，或許會覺得更美味。但我比較喜歡遙小姐煮的飯。」

艾爾結婚後，似乎變得比較挑嘴了。

一旁的遙聽到艾爾稱讚自己做的料理後，看起來也很開心。

「艾爾先生，這裡的甜點非常好吃呢。」

「真的耶。沒必要勉強點主餐呢。」

艾爾讓遙餵他吃可麗餅。

「去死吧！艾爾文，去死！」

「嫉妒的火焰正在將我燃燒殆盡。」

「從現在起，我要跟你絕交。」

摩爾他們在看見這副景象後，都感到氣憤不已。

我前世也是這樣，所以能夠體會他們的心情。

如果同情他們，或許會被他們說「我才不想被你同情」，因此我選擇沉默。

「我的學弟們心胸真狹小……」

「不管是已婚或單身，都沒什麼意義吧。」

「「「學姊和老師是不會懂的！」」」

摩爾他們眼眶泛淚地反駁露米和厄尼斯特。

「回到原本的話題，魔國現在只剩下這種店，以及個人風格特別強烈的店家。吾輩非常喜歡這種能輕鬆用餐的店。」

大概是因為人口減少後競爭變得激烈，所以只剩下薄利多銷的連鎖店，或是受到常客支持、個人風格十分強烈的店吧。

「有賣酒這點還不錯。」

「布蘭塔克先生，請你別喝太多喔。」

「我只會喝一點點啦。對吧，導師？」

「大姊，給我一瓶葡萄酒。」

照理說應該只能小酌，但導師突然就點了一瓶酒。

除此之外，他還點了炸薯條和炒菠菜等下酒菜。

「生活唯一的樂趣只剩下酒啊。真是貧乏的人生。」

「吵死了，魔族。都一把年紀了還不喝酒，那樣才是貧乏的人生。」

厄尼斯特和導師有點合不來。

厄尼斯特嘲諷大白天就開始喝酒的導師，導師也立刻回嘴。

「算了啦，不要吵架。這樣會給周圍的人添麻煩。」

我不知為何開始替兩人調解，然後伯爵一家人（包含九個小嬰兒）、導師和布蘭塔克先生這兩位中年男子，以及五名魔族，就這樣獨占了這間像白天的家庭餐廳的餐廳後方的位子。

這樣當然會引來其他客人與店員的關注。

「老師，這種時候應該要找有包廂的店吧？」

「嗯？吾輩想吃這間店的漢堡套餐呢。」

「這間店的東西應該沒好吃到會讓人想特別來吃吧？」

「就是這種廉價的味道才好。」

摩爾批評厄尼斯特的選擇，但厄尼斯特當然不可能在意別人的眼光。

這點倒是無所謂，但別在店員面前說什麼不好吃和廉價的味道啦！

「唉，不要難吃就好。」

「不過，我偶爾會想吃這裡的焗烤飯呢。」

拉穆爾和賽拉斯想去更高級的餐廳，所以有些不滿，但他們似乎也常來這間店。

迅速用完餐後，我換去飲料吧倒飲料。

魔國的家庭餐廳也有飲料吧。

「不管喝多少都一樣錢，真是太驚人了。這到底是什麼樣的制度？」

「即使是無限暢飲，也沒有人能一口氣喝幾十杯。再加上是採自助制，所以也能節省人事費用。」

「鮑麥斯特伯爵對餐廳也很了解呢。」

露米感到十分佩服，但我前世也曾供貨給家庭餐廳。

「要是酒也能無限暢飲就好了！」

「那只有在居酒屋才行啦。」

「鮑麥斯特伯爵，你知道有些居酒屋的酒是無限暢飲嗎？」

「啊哈哈……我有在報紙上看過。」

「原來如此。」

原來這裡的居酒屋也有無限暢飲啊。

幸好有順利把露米蒙混過去。

「這裡不能無限暢飲啊。真遺憾。」

「就喝到這裡吧！」

雖然表現得很遺憾，但布蘭塔克先生和導師還是各喝完了一瓶葡萄酒。

幸好這裡沒有無限暢飲。

「鮑麥斯特伯爵大人，錢的方面沒問題嗎？」

「我事先有換錢。」

我沒有魔國的錢，所以事先託旅館的人幫我用金塊換錢。

旅館的服務人員幫我到街上的換匯店把金塊換成了元。

只要有這些錢，就不用擔心沒錢付給家庭餐廳了。

「一公克八千七百元，這價格算高嗎？」

我前世還在日本時，黃金的價格大約是一公克五千圓。

考慮到元和圓的價值很接近，我覺得這個價格算有點高，但我不曉得魔國的黃金儲備量。

「和我們當雜勤人員前相比，價格漲了不少呢。」

「是啊。之前大約只有七千五百元。」

「吾輩還在國內時，大約是六千八百元。」

「老師，黃金算是投機標的喔。」

按照賽拉斯的說明，受到人口減少和國民所得下滑的影響，目前已經無法期待經濟會繼續成長，所以股票、債券和期貨交易變得愈來愈熱絡，黃金也因為給人供給不足的感覺，導致行情上漲。

「與人類接觸也是原因之一。」

「因為可能會開始交易。」

這麼一來，交易有可能是透過黃金或白銀付款。

厄尼斯特推測大家應該都會想提早取得黃金，企業等組織大量購買黃金，也是導致行情上漲的原因之一。

「真是心急……」

「現在的魔國就是由那些人在統治。」

「政治家不過是在接受那些人的豢養。」

「所以無論哪個黨取得政權，世界都不會有什麼改變。」

無論哪個世界，都是有錢人最偉大。

魔國的王族和貴族已經沒落，商人、企業和銀行等經營者成為了新的統治者。

政治家不過是他們養的狗，這部分和我的前世也有共通之處。

「親愛的，時間差不多了……」

「是啊。」

這間像家庭餐廳的店提供的料理味道普普通通。
如果要打分數，大約是六十五到七十分。
因為味道不差，價格也很便宜，所以店裡平日中午就坐了不少客人。
女性魔族聚在一起用餐，或是點飲料和甜點閒聊。
因為新聞有報導，外加我們又帶著九個小嬰兒，所以一下就被認出來了。
許多客人都遠遠看著我們竊竊私語，只是因為我們有帶護衛才沒過來搭話。
這樣下去會對他們造成負擔，於是我們決定早點回旅館。
「感覺好閒喔。」
「我也這麼覺得。真羨慕厄尼斯特看起來很忙。」
雖然沒什麼放鬆的效果，但一回到旅館，我們馬上就變得無事可做。
腓特烈他們喝完奶換完尿布後，就立刻進行他們最重要的工作，也就是專心睡覺。
艾莉絲她們聚在一起喝茶聊天，厄尼斯特讓包含露米在內的魔族成員們幫他整理遺跡資料。
「大家都遺忘了考古學的浪漫。」
「因為失業太久了。」
「我也是。」
「老師，我就說考古學賺不了錢了。」
「因為靠社會福利就能生活，吾輩還是希望你們能有就算賺不到錢，依然願意去發掘的幹勁。

畢竟你們是吾輩的學生。」

「老師，我們只是碰巧進了考古學系而已。也就是求職前的緩衝期。」

「雖然那段期間很長。」

「或許一輩子都找不到工作呢。」

就連厄尼斯特也對摩爾他們我行我素的態度啞口無言。

他難得開口發牢騷。

「真是拿這些學弟沒辦法。」

「露米，妳為什麼也不繼續朝考古學發展？」

「老師，我進報社時原本也是想進文化部門。只是因為名額已滿，才被派到政治部門。」

「真是悲劇。魔族確實是不會餓死，但缺乏活力。這樣下去，這個種族一定會開始衰退。鮑麥斯特伯爵也這麼認為吧？」

「就算你問我……」

話說回來，為什麼要把這個話題丟給我？

雖然我不是不能理解厄尼斯特的心情，但被他稱讚很有活力的大陸居民，其實也過得相當辛苦……

例如貧民窟裡住了很多人，還有雖然大家都生很多孩子，但排行愈後面的小孩，受到的照顧就愈隨便。

即使有許多人無法結婚，但我覺得就算沒有工作，生活也能獲得最低限度的保障是件好事。人生不可能過得事事順心。

人口持續增加又充滿活力的社會，背後或許有很多不幸的人，像現在的魔族這樣不用擔心餓死後，整個種族就會失去活力。

這或許就是生物的本性以及必須承擔的後果。

「所以，我也不好對魔族的事情說三道四。而且搞不好會被視為企圖干涉內政。」

我擁有鮑麥斯特伯爵這個身分。

發言必須謹慎才行。

「吾輩也沒打算干涉索奴塔克共和國。如果有其他相當於國家的共同體，吾輩就能自由在那裡生活了。」

魔族長年都透過名為索奴塔克共和國的國家統合在一起，厄尼斯特卻說希望能有新的國家。

這可能會被視為叛國，導致他成為國家制裁的對象。

「你別亂說話啊……」

「如果魔國認為你背後有赫爾穆特王國或阿卡特神聖帝國在撐腰，人類和魔族或許會進入全面戰爭。你還是乖乖待在鮑麥斯特伯爵領地調查遺跡吧。」

雖然和紐倫貝爾格公爵合作時也是如此，但厄尼斯特這傢伙偶爾會展露出危險的想法。

他又不是政治家，真希望他能別再想些有的沒的。

「土地的話要多少有多少。索奴塔克共和國之前放棄的土地已經完全回歸自然，但他們一直不重新開發那裡，也不願意撥預算發掘地下遺跡。所以吾輩才要偷渡出境。」

「雖然不是不能理解你的想法，但這裡面是不是摻雜了你個人的欲望？」

「無論人類或魔族，都是靠欲望在進步。」

厄尼斯特表示現在的魔族缺乏這個要素。

索奴塔克共和國大部分的居民，性格確實都很淡薄。

我本來以為魔族的內心都充滿了欲望，但我還沒遇過那樣的魔族。

「從現實的角度來看，我們可不想因此被捲入戰爭。所以現在這樣就很好了。」

難得我那麼拚命開發鮑麥斯特伯爵領地。

如果那裡被人破壞或奪走，我會很傷腦筋。

為了妻子和小孩，我必須採取保守的行動。

「雖然遵從陛下的命令來到這裡，但結果是浪費時間呢。」

我們沒有獲得任何成果，反而拖延了領地的開發進度。

羅德里希一定已經摩拳擦掌地在鮑麥斯特伯爵領地等我回去。他替我安排了十分周密的行程。

而且行程的密度還非常高。

「算了，早點回去領地開發……」

我在這個國家已經無事可做。

大家也都覺得很無聊，該籌劃一下怎麼做才能早點返回鮑麥斯特伯爵領地了。
就在我想著這些事時，只有在我們待在魔國時能獲得僱用的摩爾等人，拚命向我們請求。
「就算是當厄尼斯特老師的助手也好，請僱用我們吧！」
「失業太久也很無聊。」
「雖然我不在意被人說自己失業，但偶爾還是會覺得父母的視線很令人難受。」
「這樣啊……」
因為難得都讀到大學了，卻一直沒找到工作吧。
雖說失業的年輕人很多，但也有人像露米那樣好好找到工作，被拿來比較時會覺得很尷尬吧。
「人類的國家有工作吧？」
「有是有……」
這三個人是魔法師，如果只看能力，應該會有很多人想拉攏他們吧。
不過，最根本的疑問還是人類是否能夠僱用魔族。
「鮑麥斯特伯爵就僱用了厄尼斯特老師。所以我們應該也能找到工作。」
「雖然在不認識的人類領地工作會很不安，但如果是鮑麥斯特伯爵領地就沒問題。」
「所以請僱用我們吧！」
他們突然提出亂來的要求。
話說，別在防衛隊的面前輕率地要我僱用你們啦。

光是厄尼斯特一個人就讓王宮替我們費心了，如果再僱用三個魔族，或許會被人懷疑有謀反的意圖。

這樣會被魔國當作長期在人類國家居留嗎？

「雖然你們的能力都無可挑剔，但魔族想在人類的國家工作有個先決條件。」

「什麼條件？」

「就是索奴塔克共和國和赫爾穆特王國的交涉能夠順利。這樣他們應該也會締結關於出入國的協定，此外還需要針對勞動條件，以及在其他國家工作時的稅金擬定相關規定。」

「老師的狀況又是如何？」

「厄尼斯特是特例。一直增加特例會很麻煩。」

「「「怎麼這樣……」」」

明白沒那麼容易擺脫失業狀態後，摩爾他們都表現得很沮喪。

在我看來，兩國之間的交涉並不順利。

大部分的原因是出在魔族身上。

提出要人廢除君主制改採民主主義制這種亂來的要求，當然會引發反彈。

而且，就算讓赫爾穆特王國突然改採民主主義制，也只會讓社會陷入混亂。

民權黨的那些人都無法理解這方面的事情……又或許是刻意想讓王國陷入混亂，然後統治那裡。

「民主主義不會拯救我們！」

「也不會給我們工作！」
「我想結婚！」
三個失業的魔族男性一同吶喊。
他們既不懶惰也不笨。
只是運氣不太好就變成這樣了。
他們對那些高官應該有很多意見吧。
「一半的年輕人失業，是真的很驚人呢。不過，索奴塔克共和國所在的島嶼有許多無人的領域吧？」
「因為魔國放棄了許多地區。」
摩爾原本是念考古學，所以對歷史也有一定程度的了解。
他向伊娜說明魔族的生活變得富裕後，就開始面臨少子化與高齡化的問題，可居住的領域也隨著人口減少而逐漸縮減。
「真浪費，不然移民到那裡怎麼樣？」
「可是，這樣就無法利用社會保障機制……」
雖然在未經索奴塔克共和國管理的無人土地生活很自由，但生活無法獲得最低限度的保障。
擁有魔力的魔族在那裡也能生存，但不一定能過文明的生活，所以他們也不喜歡這麼做。
「明明討厭索奴塔克共和國現在的生活而想要離開，但又必須依靠索奴塔克共和國的社會保障機制，這樣不是很奇怪嗎？」

「這個嘛……」

伊娜合理的質疑，讓摩爾啞口無言。

想脫離索奴塔克共和國的控制自由生活的人，卻依賴著索奴塔克共和國的社會保障機制，這樣確實很奇怪。

因為自由也包含了餓死的自由和病死的自由。

「我覺得這個國家很不錯。」

因為赫爾穆特王國沒有社會福利制度。

當然也沒有退休金或健康保險。

那裡最後的社會安全網是教會，由此便能看出赫爾穆特王國社會保障機制的水準。

「魚與熊掌不可兼得啊。」

「是要選擇即使失業也能透過社會福利制度維生的生活，還是要選擇能夠自由工作但沒有任何社會福利的生活……」

如果是我站在摩爾他們的立場，應該也會感到迷惘。

就我的情況而言，單純只是起點是鮑麥斯特騎士領地，所以才必須拚命掙扎。

如果我以魔族的身分轉生到這個國家，或許會改當學生過著輕鬆的生活。

「鮑麥斯特伯爵大人。」

就在我想著這些事時，一名年輕的男魔族——我們房間外面的警衛過來向我搭話。

「有什麼事嗎？」

「其實是有客人來訪。」

「客人？是什麼樣的客人？」

我可不想見滿腦子只想批判王族和貴族的奇怪社會運動家。

警備隊的成員應該會幫忙驅逐那些人，但也不能保證一定沒有漏網之魚。

「對方自稱是舊索奴塔克王國的魔王陛下與其宰相，並表示同為負擔貴族義務之人，希望能與你互相交流……」

「那個……魔族的國王還在嗎？」

我還以為早就在革命時被斬首了。

主要的印象是法國大革命的狀況。

索奴塔克共和國的國民，看起來也不像會允許國王存在。

「姑且是知道有這個人……但我沒有見過。」

防衛隊的年輕魔族似乎知道國王存在的事實。

不過因為沒有親眼見過，所以無法確定對方是不是本人。

「讓那種人進來不會有危險嗎？」

警衛打算讓不曉得是不是真國王的可疑人物進來這件事，讓布蘭塔克先生有些激動。

因為如果我或孩子們有個萬一就不妙了。

「不會有危險。」

「是這樣嗎？」

「是的。雖說是國王，但現在並沒有任何力量或權限。」

根據年輕魔族的說明，過去的索奴塔克王國，是透過無血革命轉變成現在的索奴塔克共和國。

當時的王族和貴族保住了性命，但他們大部分的資產都被共和國政府沒收，然後成為平民。

拜民主主義的精神所賜，他們依然能自由地自稱國王或貴族，但權力與平民無異的人就算自稱王族或貴族也只會讓人覺得可笑。

年輕魔族表示後來自稱王族或貴族的人逐漸減少，現在已經幾乎沒有那樣的人了。

「雖然失去了力量，但讓王族和貴族接觸不會有危險嗎？我可不想無端受到猜疑。」

我也不想被人認為企圖誆騙王族，讓索奴塔克共和國陷入混亂。

因此，應該不需要勉強和對方見面。

「對方真的沒有任何力量，而且……」

「夠了。接下來的話，由吾來說吧。」

年輕魔族被人直接推開，魔族之王……魔王——這不是角色扮演遊戲裡的敵人，單純只是魔族國王的簡稱——現身了。

照理說魔王應該現身了，但根本沒看到人……

「鮑麥斯特伯爵大人，請往下看。」

「往下？」

我稍微垂下視線，發現那裡站著一名打扮成國王的魔族少女。

因為是女性，所以應該算女王吧。

她的身高只有約一百二十公分，身材非常嬌小。

年齡大約是七、八歲吧？

我不清楚魔族的成長速度，所以她的實際年齡可能更大，但外表搞不好比較接近女童。

雖然她將來或許會成長為一名美女，但現在給人的感覺就是個可愛的女王。

「好小……」

「喂！不准說吾小！」

看來她似乎很討厭被人說小。

她立刻就對我提出抗議。

「陛下，您先冷靜一下……陛下身為魔王，不能因為這點小事就生氣。王的器量與身體的大小無關，而是與內在的度量成正比。」

「原來如此，吾差點就氣炸了呢。這位鮑麥斯特伯爵也可能是為了試探吾的器量，才刻意挑釁吾的吧？」

「陛下明察。」

可愛女王的同伴身高約一百六十五公分。

她是一位看起來很有職業婦女感的美女，一頭黑色的短髮與得體的西裝相當搭配。

她就是宰相……因為沒有實權，所以應該說是宰相的家系吧。

因為女王陛下是個小孩，所以實際上都必須聽這位宰相的話吧。

「伯爵大人。」

「鮑麥斯特伯爵。」

「好強的魔力……」

不愧是魔王和宰相，雖然厄尼斯特的魔力也很不得了，但這兩位的魔力量又更勝一籌。

尤其是女王陛下，身上隱藏了驚人的魔力。

難怪她的祖先能以魔王的身分在戰爭中活躍。

「無論有多少魔力，在索奴塔克共和國都派不上用場。」

「是這樣嗎？」

「因為每個魔族多少都擁有魔力。」

宰相小姐代替魔王進行說明。

「索奴塔克共和國的魔法道具技術十分發達。隨著魔法道具不斷改良，需要的魔力量也愈來愈少，現在即使擁有許多魔力也沒什麼意義。」

消費的魔力量減少……就像技術進步後變成節能家電那樣嗎……

魔族每個人都擁有魔力，所以除非具備開發魔法道具的頭腦和技術，或是有助於維持高度發展社會的技能，不然就無法往上爬。

以前那種擁有魔力的魔王或貴族在戰場上活躍，讓其他眾多魔族臣服自己的模式，已經不再適用於現代了。

「那麼，請問兩位今天有何貴幹？」

「就跟吾剛才說的一樣。同為負擔貴族義務之人，吾想與你互相交流。」

「簡單來講，就是這個國家已經幾乎沒有人會自稱王族或貴族，所以才想找其他同類交流。」

「說得真是直接……」

因為看起來沒什麼危害，我招待魔王和宰相小姐進房。

「吾再重新自我介紹一次。吾乃伊莉莎白・懷爾・索奴塔克九百九十九世。這一位是認真為吾效勞的宰相萊菈。」

「我是萊菈・米爾・萊菈。」

魔王得意地挺起胸膛自我介紹，可惜她根本沒有能挺的胸部，所以沒什麼意義。要等她再長大一點，這個舉動才會有意義吧。

「唔唔……真羨慕鮑麥斯特伯爵的妻子們胸部都那麼有料……」

魔王看著包含艾莉絲在內的我的妻子們的胸部——露易絲除外——露出羨慕的表情。

「唉，果然……」

即使生了小孩胸部也沒變大的露易絲，因為被魔王忽視而感到沮喪。

「陛下今年才十歲。再過十年就會長大了。」

「說得也是，到時候吾就會成為身材姣好，受到國民愛戴的魔王。」

這國王也太庸俗了……

王的器量和胸部大小有關嗎？

「魔族的女性也能當國王嗎？」

「妳是誰？」

「陛下，從她給人的印象來看，應該不是個普通人。」

宰相小姐從泰蕾絲散發的氛圍就大致看穿了她的真實身分。

「本宮曾是公爵，同時也是曾有機會當上女皇帝的人。不過，現在只是一個普通女人。」

泰蕾絲似乎對與過去的自己站在相同立場的魔王有興趣。

「原來如此，我明白了。索奴塔克王國時代只有男性能成為魔王，但這也是時代的潮流。」

「吾的目標是成為受到國民喜愛的魔王。而且，現在這個時代也有人只因為是女性就能獲得選票，並當上政治家。女魔王或許能夠受到國民的歡迎。」

該怎麼說才好……

她的理由果然也很庸俗。

「也就是用來博取人氣的計畫吧。」

「吾目前的處境不是很好，所以只能不擇手段。再來就是王家的直系血脈已經只剩下吾一個人倖存了。」

沒落後的王家成員，跟一般人一樣上班和生活。

然而，伊莉莎白的母親在生下她不久後病死，父親也在三年前意外身故。

於是，同樣是宰相家獨生女的萊菈就收養了伊莉莎白，成為她的監護人。

「人生真是辛苦。」

「我也想不到其他更適合的說法……」

和薇爾瑪與亞美莉大嫂一樣，我也只想得到這句話。

「原來妳小小年紀就失去了父母……」

或許是因此想到了在房間深處睡覺的腓特烈他們。

溫柔的艾莉絲發自內心同情小小年紀就失去父母的伊莉莎白。

「謝謝關心，姑且不論吾根本不記得的媽媽，爸爸因為交通意外去世時，吾是真的很難過。不過，正因為如此，吾才在心裡發誓要復興王家！這樣才能讓在天堂的爸爸和媽媽安心。」

「陛下，您真是太了不起了。」

「……」

雖然她小小年紀就失去父母，仍積極活下去這點很了不起……但我實在學不來……話說她明明是魔王，卻叫父母「爸爸」和「媽媽」呢。

一般來說，不都是叫「父王」、「母后」或「陛下」嗎……

「而且吾只是一個孩子，現在也是靠社會福利制度才得以維生。」

「我平時也會照顧陛下。」

「吾也非常感謝萊菈平日的奉獻。」

「真是不敢當。」

這個國家的社會保障機制非常充實，所以魔王大人一個人生活也不會有問題。

宰相小姐有空時，似乎也會照顧她。

不過，如果同時還要上班應該很辛苦吧。

「為了方便調整時間，我平常都會同時兼好幾份打工。」

依靠社會福利制度的魔王，以及飛特族宰相啊。

某方面來說，算是個嶄新的組合。

「沒有工作啊。」

「跟我們一樣呢。」

摩爾他們似乎對伊莉莎白產生了親近感，但她並不買帳。

「吾因為是孤兒才依靠社會福利制度，平常也會去學校上學。你們不僅父母都健在，還畢業於優良大學吧。然而卻找不到工作，真是太令人感嘆了。」

「呃啊！她講的話跟那些來自社會的惡意一樣！」

「明明是個孩子，講話卻如此狠毒！」

「明明胸部那麼小……」

「不准說吾小！吾很快就會長高！胸部也很快就會變得跟鮑麥斯特伯爵的妻子們一樣波濤洶湧！」

在這個國家，沒工作的年輕人會互相數落對方。

這樣確實會讓人無法對未來抱持期待。

不過，伊莉莎白將來會成長得像艾莉絲她們那樣嗎？

「陛下，請您冷靜一點。」

「萊菈說的沒錯。吾今天來是為了說一件非常重要的事情。」

「在那之前，先請用茶和點心吧。」

覺得都招待客人進來了，至少該請人家喝杯茶才符合禮節的艾莉絲和莉莎，幫忙端了茶過來。

今天用來配茶的點心，是在這個國家的甜點店買的泡芙。

雖然一顆要價五百元，但泡芙裡加滿了帶有高雅甜味的內餡。

客人也都是有錢人，也就是俗稱的名人愛店。

「喔喔！這不是『德莫瓦爾．休』的高級泡芙嗎！好久沒吃了。」

伊莉莎白開心地吃起了泡芙。

「陛下，您的嘴角沾到奶油了。」

「嗯，辛苦妳了。」

即使讓萊菈幫忙擦掉嘴角的奶油，伊莉莎白仍開心地享用著泡芙。

從她會為了點心高興成這樣來看，這位魔王也只是個與年齡相符的孩子。

萊菈小姐也一樣，與其說是宰相，更像是魔王的母親……失禮了，更像是她的姊姊。

「靠社會福利制度生活的人沒辦法買這個呢。如果有人利用社會福利制度獲得的錢購買高價商品或拿去賭博，就會遭到新聞批評。真的是沒事找碴呢。」

「哎呀，這話真是刺耳呢。」

遭到魔王批評的露米，搔著頭露出困擾的表情。

「對了，聽說魔族與人類的貴族，都知道美味的點心適合搭配茶。對吧，萊菈？」

「陛下說的沒錯。」

「啊，是的。我立刻再去泡一杯茶過來。」

無論人類或魔族，都覺得點心和茶很搭。

雖然她要求再來一份的方式很奇怪，但不會讓人感到不快，甚至令人莞爾，所以艾莉絲立刻再去泡了一杯茶。

順帶一提，我們用的都是自己帶來的茶葉，而不是旅館提供的。

「這茶用的茶葉很好呢。」
「是的，這是珍貴的森林瑪黛茶。是在自然環境中生長的貴重茶葉。」
我向伊莉莎白說明這種茶葉。
「原來如此！這茶的味道確實很棒！純天然的茶比較好喝呢。」
這是赫爾穆特哥哥之前送我的茶葉，幸好她也喜歡。
「差點忘了，吾今天來是有重要的事情。嗯。德莫瓦爾．休的高級泡芙果然很好吃呢。」
雖然伊莉莎白又再次將注意力集中在泡芙上，但或許是太好吃了，萊菈又一次替她擦掉嘴角的奶油。
「泡芙還有很多，你們要不要乾脆帶一點回去？」
「喔喔，不好意思，鮑麥斯特伯爵，講得好像在跟你要東西一樣。」
說得極端一點，只要用一顆五百圓的高級泡芙就能籠絡這位魔王。
這個國家的王族和貴族也很辛苦呢。
「……」
「我沒那麼喜歡甜食……陛下，妳要吃我的嗎？」
「真不好意思。」
「對了，陛下，妳應該有話要跟我的主公說吧。」
艾爾把自己的泡芙讓給伊莉莎白，同時詢問她造訪這裡的真正理由。

艾爾說得沒錯，我不認為她真的只是想讓身分高貴的人互相交流。

面對意外地有好好扮演家臣角色的艾爾提出的問題，伊莉莎白吃了第二個泡芙後就突然露出嚴肅的表情。

在萊菈還來不及替伊莉莎白擦掉嘴角的奶油，她就自己起身，拿著吃到一半的泡芙發表演說。

「這樣下去，魔族的神聖義務將會消滅。因此，吾決定了。吾要成為具備實力的魔王！鮑麥斯特伯爵大人，與吾一同努力吧。」

「唉……」

看來，我們又再次遇到了新的麻煩事。

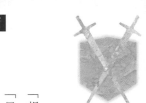

卷末附錄　女僕，遭遇了舊情復燃的場面

「想拜託艾爾幫忙嗎？」

「是的，只要幾天就好……由於霍爾米亞藩侯家動員了諸侯軍，現在很缺劍術講師。希望艾爾文先生能夠幫忙指導賽利烏斯警備隊的新人隊員。」

「艾爾，你覺得呢？」

「交給我吧，主公大人（是當臨時講師吧？這點程度不算什麼。這種事就是要互相幫助。）」

「那就拜託你了。」

「因為是要指導聚集在賽利烏斯練兵場的少年們，所以距離也不遠。」

由於雙方都有一些問題，導致王國與魔族的交涉一直遲遲沒有進展，老爺留在賽利烏斯待命和釣魚的時候……貴族通常不會自己釣魚，但老爺似乎覺得這很普通。

霍爾米亞藩侯大人的家臣，跑來委託艾爾文大人工作。

內容是指導預定將分派到賽利烏斯的警備隊的新人隊員劍術。

原本預定要幫忙指導的人全都被諸侯軍徵召了，導致講師的人數不夠，所以才會跑來找艾爾文大人。

艾爾文大人戰績顯赫，是赫爾穆特王國知名的劍士之一。

「艾爾先生，需要我一起去幫忙指導嗎？」

「遙小姐用的武器是刀吧？在霍爾米亞藩侯領地不容易取得刀，所以只能教他們劍術。請妳留下來陪雷昂吧。」

「我確實不太會用劍……我明白了。請你要早點回來喔。」

不能一起去的遙大人看起來很寂寞。

刀與劍。

在我看來都是一樣的東西，但這兩種武器的用法似乎天差地遠。

雖然艾爾文大人兩種武器都會用，但遙大人不太會用劍。

這次的工作是指導劍術，所以遙大人幫不上忙。

「啊，但我需要一個幫忙處理雜務的助手。」

「有——我要報名！」

「我也要。」

「那蕾亞和安娜，拜託你們了。」

我有好好趁機報名了支援艾爾文大人的工作。

身為艾爾文大人未來的妻子，這是理所當然的事情。

遙大人還要照顧雷昂大人，這件事本來就應該交給我和安娜小姐。

「那我出發了。」

「拜託你了，艾爾。」

「交給我吧，主公大人。」

在遙大人、雷昂大人和老爺的目送下，艾爾文大人、我和安娜小姐一起前往位於賽利烏斯警備隊辦公室隔壁的練兵場。

此時的我們，還不知道艾爾文大人將在那裡經歷一場命中注定的重逢。

＊　＊　＊

「艾爾先生？是艾爾文大人吧？」

「卡露拉小姐？妳怎麼會在這裡？」

「我的丈夫也被諸侯軍召集，由於人手不足，我來這裡幫忙指導箭術……」

「我也是。我是來這裡指導劍術……能讓卡露拉小姐這樣的高手指導箭術，大家一定都很開心吧。」

「艾爾文大人最近的表現似乎也很亮眼。」

「別叫我艾爾文大人啦……」

「這怎麼行。艾爾文大人可是鮑麥斯特伯爵家頗負盛名的重臣。」

「我自己是沒什麼現實感。」

艾爾文大人在練兵場與一名指導箭術的講師打招呼，那是一名擁有亮眼的黑色秀髮，長得和遙大人很像的美麗女性。

而且，艾爾文大人似乎很高興能與對方重逢。

她到底是什麼人？

我都不知道艾爾文大人除了老家的人以外，在西部還有其他熟人。

「安娜小姐，她是艾爾文大人故鄉的人嗎？」

「不，我沒見過她。」

既然如此，那就是在其他地方認識的女性吧？

「蕾亞小姐，臨時講師通常不是貴族家的家臣，就是貴族家的家人。她該不會是霍爾米亞藩侯家的家臣之女吧？」

不愧是安娜小姐，真是不錯的推理。

畢竟是指導警備隊新人武藝的講師，無論實力再怎麼強，都不可能錄取奇怪的人。

霍爾米亞藩侯家的家臣之女……或是妻子？

不過，以前的處境和老爺一樣的艾爾文大人，有可能認識霍爾米亞藩侯家的家臣或那些家臣的家人嗎？

我心裡的疑問愈來愈多了。

「蕾亞、安娜。差不多要開始囉。」

「好的——」

「我知道了，艾爾文大人。」

哎呀。

現在不是想事情的時候。

我和安娜小姐必須協助艾爾文大人才行……雖然我們要做的只有幫忙準備休息時喝的水和擦汗用的毛巾，都不是什麼大不了的工作。

艾爾文大人也有他的立場，讓我們隨行的理由，主要是不能讓他一個人來這裡。

「哎呀，這兩位女僕都好可愛呢。」

「她們分別是我的第二個妻子安娜和第三個妻子蕾亞。」

艾爾文大人向神祕的黑髮美女介紹我們。

他介紹時完全沒有猶豫……這表示他們只是單純認識嗎？

不過，艾爾文大人和她說話時表現得很親切……真是位神祕的美女！

「考慮到艾爾文大人的立場，這也是理所當然的事情。其實，我的丈夫也娶了第二個妻子……」

「原來如此……這種時候說恭喜也怪怪的，我也不曉得該怎麼說。」

「是啊。」

看來這位黑髮美女果然是霍爾米亞藩侯家家臣的妻子。

不過，我真的看不出來她和艾爾文大人是什麼關係。

「那麼，我要開始指導了。」

「我也是。我必須好好擔任丈夫的代理人。」

之後，兩人真的都很認真在指導劍術和箭術。

不過，他們兩人的樣子讓我愈看愈在意他們的關係。

背後應該是有什麼隱情吧。

「我覺得背後應該有什麼隱情！」

我想也是……

畢竟就連安娜小姐也這麼覺得。

「不好意思。可以再請你過來幫忙幾次嗎？」

「我這邊是沒什麼問題。」

「真是幫了大忙。畢竟這次所有人都被動員，霍爾米亞藩侯家到處都人手不足。」

練兵場的負責人向艾爾文大人道謝，同時拜託他再過來指導幾次劍術。

艾爾文大人爽快地答應了，這表示他之後又要和那個黑髮美女一起行動？

「艾爾文大人的指導頗受好評呢。」

「那真是太好了。」

「這樣之後又能見面了呢。」

「卡露拉小姐，之後也要再來指導箭術嗎？」

「是的，我是要代替丈夫。」

兩人之後確定還會再見幾次面。

他們看起來不像單純認識，我和安娜小姐回到住宿的魔導飛行船後，急忙跑去找多米妮克姊。

「事情就是這樣，所以我們才來請教在我們當中年紀最大，任職期間也最長的多米妮克姊。」

「妳說誰是阿姨啊！」

「好痛——我才沒說到那種程度。」

「（我實在不太能理解她們兩人的互動方式……）」

「安娜小姐，怎麼了嗎？」

「沒事。艾爾文大人還在西部老家時，幾乎沒有離開過領地，所以我很納悶他是怎麼認識那位叫卡露拉的小姐……」

安娜小姐真擅長迴避多米妮克姊的問題……

我必須多跟她學習。

「卡露拉大人啊。她原本是布洛瓦藩侯家的成員之一……」

根據多米妮克姊的說明，在我來鮑麥斯特伯爵家工作前，艾爾文大人在與布洛瓦藩侯家的紛爭中認識了那位叫卡露拉的女性。

而且更驚人的是，她還是上一代布洛瓦藩侯的女兒。

「布洛瓦藩侯家的人，是霍爾米亞藩侯家家臣的妻子？這樣不是很奇怪嗎？」

一般的大貴族千金，根本不會代替丈夫過來指導箭術。

「卡露拉大人在紛爭結束後脫離了布洛瓦藩侯家，嫁給之前就約定好要結婚的對象。也就是霍爾米亞藩侯家的那位箭術教頭……卡露拉大人也是弓箭高手。」

原來如此。

所以，那個卡露拉才會代替丈夫過來指導箭術啊。

「那她和艾爾文大人是什麼關係？」

安娜小姐馬上就提出這個問題。

「艾爾文大人以前喜歡過卡露拉大人……不過……她當時就已經有未婚夫了……」

艾爾文大人就這樣被乾脆地甩掉了。

「之後艾爾文大人與遙大人結婚，再加上安娜小姐，以及順便收留的蕾亞，他現在應該已經毫無留戀了。這些事對他來說應該已經是美好的回憶了吧？」

「多米妮克姊？我是順便的嗎？」

「我們是女僕。無論對象是主人或他周圍的人，我們都不能散播毫無根據的謠言。」

「居然直接忽視我！」

安娜小姐和我。

她對我們兩人的待遇也差太多了吧？

這讓我感到很不公平！

「說得也是。艾爾文大人已經有遙大人、我和蕾亞小姐了。而且，卡露拉小姐已經是別人的妻子了。」

「是這樣嗎？」

「蕾亞，妳想說什麼？」

「不，妳想想看……雖然當時被甩掉了，但艾爾文大人現在已經確定是鮑麥斯特伯爵家的重臣。反過來看，那個卡露拉的丈夫又是如何？」

他跟一群不重要的人一起被諸侯軍召集，卡露拉則是代替丈夫去指導箭術。

身為前布洛瓦藩侯的女兒，她應該不希望看到這樣的狀況吧？

「就是嫁給心愛的人後……才發現事情不如預期的意思嗎？」

不斷累積對婚姻生活的不滿。

明明是跟心愛的人結為連理……為什麼我現在一點都不幸福？

我到底是哪裡做錯了？

如果當時跟那個人結婚，我是不是會變得更幸福？

「大概就是這種感覺，那個卡露拉或許會想改嫁給艾爾文大人……」
「蕾亞，不可能啦，又不是伊娜大人常看的那種書……」
說到伊娜大人……
她自己明明和老爺非常恩愛，卻很喜歡看那種虛構的劇情。
「啊，不過……」
「安娜小姐，有什麼事讓妳感到在意嗎？」
多米妮克姊對安娜小姐真的很體貼……
明明我跟她認識得比較久……
「那位卡露拉小姐之前有提到她的丈夫娶了新的妻子。」
「卡露拉大人的丈夫是箭術教頭。考慮到他的身分地位，就算娶兩名妻子也不奇怪吧？這也算是一種出人頭地。」
「多米妮克姊！這就是重點！」
原本就累積了許多不滿。
此時，又出現了新妻子這個新的要素！
「丈夫心裡只有新妻子，再加上卡露拉與那位新妻子又處得不好，讓她愈來愈思念艾爾文大人。艾爾文大人看起來也不討厭她……」
以前甩掉自己的女性主動示好。

只要是男性，都有可能接受對方的誘惑。

「蕾亞，這些都只是妳的推論吧？妳自己也說過艾爾文大人和卡露拉大人都很認真在指導新人吧。」

「話雖如此，我覺得他們只是因為顧慮我們的視線，才沒有公然卿卿我我。」

或許他們其實私底下有聯絡，約好在假日幽會也不一定。

何況霍爾米亞藩侯領地對艾爾文大人來說是外地。

和鮑爾柏格不同，這裡幾乎沒人認識他。

「……我覺得妳想太多了。總而言之，妳可別亂傳什麼奇怪的謠言。」

「啊，可是，站在我的立場，有許多事情必須擔心。」

畢竟如果艾爾文大人和那個卡露拉……變成那種關係，我不就會被排除在外，當不成他的妻子了嗎？

「在那之前，那位叫卡露拉的人已經結婚了吧？」

雙方都已經有配偶，這是一段不被允許的關係，於是兩人攜手私奔……

我以前在跟伊娜大人借來的書裡看過。

這種男女關係遇到愈大的障礙，愈會燃起熱情！

「呃……我記得這叫什麼復燃……我想起來了！是『舊情復燃』！很容易就會重新燃起熱情！」

「如果妳真的這麼擔心，不如就好好監視艾爾文大人如何？」

多米妮克姊完全不相信我的推論。
她認為這種事絕對不可能發生。
不過，萬一真的出事了，我的「成為艾爾文大人可愛新婚妻子計畫」或許會失敗。
我要為了我的幸福監視那個卡露拉。

於是，在那之後過了約一個星期。
艾爾文大人在進行多次劍術指導後，終於迎來了最後一天。
從下個星期開始，霍爾米亞藩侯家的家臣們就會回來指導劍術。
那個卡露拉是霍爾米亞藩侯家家臣的妻子，所以仍會繼續留在這裡指導箭術。
訓練結束後，兩人開始閒聊一些無關緊要的事情。
不過，或許在這些看似無關緊要的話題中，隱藏了只有兩人能夠理解的情話……或是約定幽會的暗號？
「艾爾文大人，你明天有什麼安排嗎？」
「我明天休假。我在考慮偶爾也該一個人去賽利烏斯的街上逛逛。」
「原來如此。我平常是住在霍爾米亞蘭德，所以也不太熟悉賽利烏斯。」
「這樣啊。」
「其實我明天也休假。因為是突然被叫來這裡，所以得去買一些生活必需品。畢竟我可能會在這裡待上一段時間。」

「妳的丈夫還在諸侯軍裡啊。」

「看起來短期內狀況不會有什麼變化，我們或許會有很長一段時間無法見面。」

「真是難為妳了。」

「其他家臣也都是如此。」

雖然他們乍聽之下只是在閒聊，但我注意到了。

這個狀況或許非常危險！

「蕾亞小姐，怎麼了嗎？」

「安娜小姐，明天很危險！」

首先，艾爾文大人和那個卡露拉都休假。

我知道艾爾文大人明天休假，他說要去看劍，所以沒有約遙大人或我們一起去。

再加上那個卡露拉也休假，而且她還要去買長期居留用的必需品。

「他們很可能約好在街上會合！」

「咦——————！真的嗎？」

安娜小姐太天真了。

賽利烏斯是個小城市，而且武器店和生活用品店都同樣位於商業區。

換句話說，他們很可能在街上會合，然後假裝是碰巧遇到。

「所以才沒約我們一起去……」
「這個可能性很高。」
如果是單獨行動，就能夠提議「要不要一起去喝杯茶」或「一起吃個飯怎麼樣」，藉此進入下一個階段吧。
「蕾亞小姐……」
「我們應該要先下手為強。」
「不過，我們該怎麼辦才好？」
「這種時候，就要去找多米妮克姊商量。」
於是，我和安娜小姐一回到魔導飛行船，就立刻將兩人的對話一字不漏地告訴多米妮克姊。

「……蕾亞。」
「嗯，什麼事，多米妮克姊？」
「妳是不是想太多了？」
咦──────！
多米妮克姊的反應遠比我想像的還要薄弱！
「考慮到兩人以前發生過的事情，必須要特別注意他們才行！」
「我沒有說妳的反應太誇張，只是說妳想太多了。這樣講可能不太恰當，但是艾爾文大人當初……是被甩掉的那一方。」

「那是以前的事情了吧？」

今非昔比，艾爾文大人如今立下了許多功績，大家都知道他是老爺最好的朋友兼鮑麥斯特伯爵家的知名重臣。

相較之下，那個卡露拉的丈夫無論身分或地位，都不如艾爾文大人。

她或許會利用艾爾文大人過去的感情，企圖和他重修舊好。

「這種事還是小心為上。」

「還有蕾亞，妳這麼大聲地說這種事……咿——！」

「多米妮克姊，怎麼了嗎？」

難得聽到多米妮克姊發出慘叫。

是看到大青蛙了嗎？

「咦？妳說什麼？後面？」

我後面有什麼東西嗎？

大青蛙……應該是不太可能，該不會是蟑螂吧？

不過，設置在這艘魔導飛行船上的廚房還是全新的。

我們平常也有認真打掃，應該不可能會有蟑螂。

因為多米妮克姊的奇怪表情實在太有趣了，我好奇地回頭一看。

然後……就看見遙大人臉上掛著冰冷的表情站在那裡，在她周圍甚至還能看見不祥的氣息……
「原來如此……難怪多米妮克姊叫我不要大聲說話……」
這已經算是驚悚場景了。
「已經太遲了。另外，有件事我必須現在告訴妳。」
「什麼事？」
身為女僕的直覺隱約告訴我。
我接下來一定會遭遇各種不幸的事件。
「遙大人原本不知道卡露拉大人的事情。所以接下來必須跟她說明清楚……」
「多米妮克小姐、蕾亞小姐。請你們跟我說明一下那個卡露拉的事情。」
遙大人！
請先把手從刀上移開！
目前這還只是艾爾文大人以前的失戀故事！
「妳擅自把事情鬧大了。妳就好好負起責任吧。」
說完後，多米妮克姊用力握緊我的手臂。
這個舉動，代表她絕對不會讓我逃跑。
身為年輕的美少女女僕，這種事我比較想和艾爾文大人一起做。
「啊，可是，同樣身為艾爾文大人妻子的安娜小姐應該也要負連帶責任……咦！她不見了？」

我還在想怎麼都沒聽見她的聲音，原來安娜小姐早就不見了。

別看她那樣，她還挺會挑時機的。

「呃，關於那位卡露拉大人的事情，我也不太清楚……」

說明的事情只要交給多米妮克姊就夠了。

我還要去準備晚餐……如果拖延到晚餐時間會很不妙……這是老爺唯一的禁忌……

「妳一直煽動別人的危機感，我絕對不准妳一個人逃跑。給我留在這裡。」

「是……」

在那之後，多米妮克姊向遙大人說明艾爾文大人和那個卡露拉之間的關係，這段期間我一直如坐針氈，度過了一段痛苦的時光。

＊＊＊

「原來如此……艾爾先生以前發生過這樣的事情……」

「這不是什麼大不了的事情，只是艾爾文大人被卡露拉大人給甩了而已。」

「多米妮克姊真厲害，居然能如此直截了當地說出真相……」

「所以才更應該要注意。如果那個卡露拉主動向艾爾先生示好……明天偷偷去偵察吧。」

「了解！」

遙大人聽完我們的說明後，宣布明天要偷偷跟蹤艾爾文大人，以便確認他有沒有和那個卡露拉接觸。

將來預定會和艾爾文大人結婚的我，當然也會參加。

我不可能拒絕。

因為，我將來要成為艾爾文大人的妻子。

如果他現在跟那個卡露拉私奔，我會很傷腦筋。

「可是，遙大人。要跟蹤艾爾文大人應該很困難吧？」

我能理解多米妮克姊的擔憂。

艾爾文大人是個優秀的劍士兼冒險者，跟蹤他或許會被發現。

「而且我們身上的女僕裝又那麼顯眼。」

如果是在霍爾米亞蘭德，那女僕並不怎麼稀奇，但賽利烏斯是漁港。

除了我們以外，很少人會穿女僕裝。

穿這樣去跟蹤，一定會非常顯眼。

「如果打扮得跟平常一樣，連我也會被艾爾先生發現。看來只能變裝了。」

我們要打扮得很不起眼，避免被艾爾文大人發現我們在跟蹤他。

這點程度的對策是基礎中的基礎。

「該打扮成什麼樣子比較好？」

「即使出現在賽利烏斯街上也不顯眼的打扮。由我來準備吧。」

「謝謝妳，多米妮克小姐。」

察覺自己明天絕對無法拒絕跟蹤艾爾文大人後，多米妮克姊徹底切換成忠實的女僕模式。

準備跟蹤用的服裝也是女僕的工作嗎？

看來如果有必要的話，女僕也必須學會這項技能。

因為我們是鮑麥斯特伯爵家的女僕。

「賽利烏斯是漁業城市。這裡貴族不多，大多居民都是漁夫，我打算打扮成類似的樣子。好了，明天會很辛苦喔。」

話雖如此，不曉得是不是錯覺，多米妮克姊的表情似乎顯得有些開心……

因為很少能有跟蹤別人的機會，或許她其實很期待……

如果把這句話說出口，一定會被她揍，所以我選擇沉默不語。

＊　＊　＊

「這樣就行了。」

「多米妮克小姐，這是什麼打扮？」

「是漁夫的妻子和女兒穿的典型服裝。」
「這不是裙子呢……」
「安娜小姐，漁夫的妻子和女兒要幫忙洗魚和殺魚，裙襬很容易被弄髒，所以她們平常都是穿褲子。」
「這圍裙真厚呢。」
「因為會沾到水和魚血，這樣會比較好洗。」
「原來如此。只要打扮成這樣，就不會被艾爾先生發現。而且我們還染髮和換髮型了。」
我、多米妮克姊、安娜小姐和遙大人，都換上了褲裝搭配厚厚的圍裙，化身為常見的賽利烏斯女性，我們甚至改變了髮色和髮型，然後就這樣開始跟蹤艾爾文大人。
首先，艾爾文大人跟前幾天說的一樣來武器店看劍。
我們也一起假裝在看菜刀，監視艾爾文大人有沒有和卡露拉大人會合。
「（沒被發現呢。）」
「（畢竟我們認真變裝過了。）」
順帶一提，關於我們變裝用的染髮劑。
這是一種魔法藥，只要使用成對的液體就能立刻恢復原本的髮色，是相當優秀的商品。
只要改變顏色和造型，應該就不會被發現吧。

遙大人染成金髮，將頭髮往上綁。

安娜小姐染成紅髮，將頭髮綁成辮子。

只有我原本是短髮，所以戴上了黑色的長假髮。

至於多米妮克姊……

「（不曉得為什麼，一點都不適合妳呢。）」

「（要妳多管閒事！比起這個，現在必須監視艾爾文大人。）」

她跟我一樣戴上了淺綠色的假髮……不過現在最重要的事情是監視艾爾文大人，所以多米妮克姊的假髮就算不好看也沒關係。

「（他真的只是在看劍……看不出來有要跟別人會合的意思。）」

「（真奇怪。）」

艾爾文大人只是一直在看劍。

他偶爾會問店員劍的事情，開心地和對方聊天。

那位店員明明是個大叔……

「（該不會他和那個大叔其實有一腿！）」

「（怎麼可能！卡露拉大人呢？艾爾文大人真的只是來看劍的吧？這樣的話，確實是一個人來比較好。）」

「咦——！這樣就只是一個人一直在看劍而已耶。）」

是我的話，絕對不到一分鐘就看膩了。
因為每把劍看起來都一樣，一個人來也很沒意義吧？
「（不過，我聽說男性偶爾會想要一個人獨處的時間。）」
「（老爺偶爾也會獨自出門。或許男性都有這種需求。）」
安娜小姐和遙大人真了解男性的心理。
不愧是已婚人士……咦？多米妮克姊明明也是已婚人士……
「（妳老公還好嗎？）」
該不會和多米妮克姊的婚姻生活早就壓得他喘不過氣了？
我以前好像在哪裡聽過男性偶爾需要放鬆……
我預定要成為一名賢慧的妻子，所以會好好做到。
「（才沒這回事……比起這個，他要離開這裡了。）」
啊，真的耶！
艾爾文大人一把劍也沒買……但他買了用來保養劍的道具。
「（他接下來要去哪裡？）」
「（追上去看看吧。）」
「（多米妮克姊還挺有幹勁的呢。）」
她跟在遙大人後面快步走出這間店……

「（他在街上閒晃。是在觀光嗎？）」

「（或許是在找卡露拉大人。）」

遙大人和多米妮克姊都專心地持續監視艾爾文大人。

果然是因為她們的本性都很認真嗎？

「（蕾亞小姐？）」

「（我好像膩了。）」

「（那個……以妳的立場，應該不能說這種話吧。）」

雖然安娜小姐像這樣提醒我，但艾爾文大人只是在街上閒晃……就在這時候……

『這不是卡露拉小姐嗎？妳買完東西了嗎？』

『是的。因為要買的東西不多。』

艾爾文大人居然在街上遇見了卡露拉大人。

這是碰巧嗎？還是他們事先就已經說好了呢？

兩人開始在街上聊天，過了一會兒就開始一起移動。

「（得小心不能跟丟。）」

「（蕾亞小姐又恢復幹勁了。）」

因為，我想知道那兩個人接下來會怎麼做。

這才是最重要的事情。

「（他們進了一間咖啡廳。）」

兩人坐在一間咖啡廳設在大街上的露天座位，點了茶和點心。

他們好像開始聊天了，我很好奇他們都在聊什麼。

得趕緊在不被他們發現的情況下，占據能聽見談話內容的座位。

「（這個座位不錯呢。）」

「（這裡剛好在艾爾文大人的後面，應該不會被懷疑吧。）」

遙大人和多米妮克姊的動作真快。

她們立刻坐到附近的座位，開始偷聽兩人的對話。

「歡迎光臨。請問要點什麼？」

「呃，我要點這個蛋糕套餐，飲料就……奶茶。」

「（蕾亞，我們可不是來享用茶和點心的。沒必要點蛋糕吧！）」

「（咦！可是，這個蛋糕看起來很好吃。店家也有在菜單上推薦……）」

「（我們又不是來吃蛋糕的。）」

「（明明看起來很好吃……）」

難得都走進店裡了，應該要享用店家的主打商品吧。

多米妮克姊為什麼這麼一本正經？

她是得了不正經就會早死的病嗎？

「（啊，可是，裝成四個漁夫的女兒趁有空時來享用蛋糕的樣子，可能比較不會被艾爾文大人他們懷疑喔。）」

「（這麼說來，確實是這樣沒錯。我也點一份蛋糕套餐和奶茶吧。）」

多米妮克姊……馬上就接受了安娜小姐的意見。

這算是歧視吧？

「（我要點這個蛋糕套餐。）」

遙大人也若無其事地點了蛋糕套餐。

四名女性一起走進店裡，不點蛋糕才奇怪吧。

這都是為了避免被艾爾文大人他們懷疑，我們全都基於這個正當理由點了蛋糕套餐。

咦？

所以我一開始點餐沒有錯吧？

「讓各位久等了。為各位送上四份精選蛋糕套餐。」

「看起來很好吃呢。這樣我應該吃得下兩個。」

「（到底要我說幾次，我們不是來享用蛋糕的！我們點蛋糕只是為了不被艾爾文大人懷疑，不是專門來享用蛋糕的！）」

「（好痛……這是什麼招式？）」

不要把手掌張開後，用力抓住我的臉啦！

痛到好像臉都要變形了……

即使不使用招式，多米妮克姊原本就擁有與外表不符的怪力。

「（妳說誰有怪力啊！）」

「（她又看穿我的心聲了——！）」

「（這招是老爺教露易絲大人的「鐵掌」。感覺只用拳頭對妳沒什麼效果。）」

哪裡沒效果了？

多米妮克姊光是用拳頭，就能對我造成遺忘快樂回憶的巨大損害……好像也沒有。

畢竟最後我還是沒忘記。

「（不行啦，這招感覺會讓我的臉變形！）」

「（或許能讓妳的臉變小喔。）」

「（怎麼可能！）」

「（那個……不是要監視艾爾文大人嗎？）」

確實如此！

現在不是陪多米妮克姊玩的時候！

遙大人認真監視艾爾文大人他們……但她還是有好好品嚐蛋糕。

女孩子果然都很喜歡甜點。

『艾爾文大人，聽說你有小孩了。恭喜你。』

『謝謝。雖然是兒子，但很可愛呢。』

『真令人羨慕。我還沒有小孩……』

我偷聽兩人的對話，發現卡露拉大人似乎還沒有小孩。

根據多米妮克姊提供的情報，她應該比艾爾文大人早結婚才對。

這樣她的立場或許會有點不妙。

聽說她的丈夫娶了側室，或許是因為他的正室卡露拉大人還沒生小孩……周圍的人才勸他另娶側室。

如果生不出小孩，家族就會斷後。

雖然也能領養小孩，但他果然還是會希望讓有血緣的孩子繼承。

於是她丈夫的親人提議迎娶側室，丈夫本人也只能接受。

身為正室的卡露拉大人對此感到不滿，這次的騷動又讓兩人暫時處於分居狀態……原來如此！

「（累積了許多不滿的卡露拉大人，打算迅速與艾爾文大人拉近距離！或是覺得既然與丈夫生不出小孩，那就利用已經生過小孩的艾爾文大人的種！）」

「咦————！」

『怎麼突然有人大叫？』

『呃……是其他坐在附近的女客人在叫呢。』

「妳的老公又酒後鬧事，然後被抓去關啦？妳也真辛苦。」

「……呃……就是啊。」

『原來如此，因為這座城市裡有許多漁夫……我聽威爾說過，漁夫收入很高，所以很多漁夫會捲入與酒、賭博和女性有關的騷動，讓妻子感到很厭煩。』

『這樣啊。』

遙大人聽見我的推論後大喊出聲，我本來以為會被艾爾文大人發現，看來變裝非常有效。

此外，多虧多米妮克姊立即幫忙蒙混過去，我們才順利逃過一劫。

「（遙大人，必須小心一點才行。）」

「（說得也是……身為武士的女兒，必須時刻保持冷靜……）」

「（還不都怪妳突然說些奇怪的話！）」

「（好痛……）」

這個叫鐵掌的招式會讓臉很痛，拜託別再用了。

不過，或許真的有讓臉稍微變小的效果……

「（我覺得卡露拉大人只是想找認識的艾爾文大人商量事情，說出自己的不安而已吧。）」

「（話雖如此，如果之後出了什麼事怎麼辦？）」

「（呃……這個嘛……）」

看吧，多米妮克姊明明也覺得事有蹊蹺。

所以她今天才會一起跟來吧。

『我是因為覺得接受指導箭術的工作能幫得上丈夫的忙，才來到賽利烏斯。現在家裡是由丈夫新娶的側室在照料……雖然她不是壞人，但丈夫一直出兵在外，我當然還是會感到不安。我之所以和他結婚……』

『喔，說到這裡就好。』

『艾爾文大人？』

咦？

這時候按照常理，艾爾文大人應該會對卡露拉大人說「妳有我在」，讓事情順勢發展下去……才對吧！

他怎麼可以這樣！

不對，其實這樣做才是正確的。

『說起來有點不好意思，我以前喜歡過卡露拉小姐。』

『是這樣嗎？』

原來卡露拉大人以前沒發現艾爾文大人對她有好感啊……

只有艾爾文大人自己在單戀……這讓我們感到有點難過。

『最後道別時，卡露拉小姐不是很開心地把丈夫介紹給我們認識嗎？』

『對不起……』

『不，我看見妳這麼做後，就領悟到自己沒有勝算了……話雖如此，我後來還是放不下這段感情，所以心不在焉了好一陣子。不過，我也因此遇見了遙小姐。到頭來，我覺得這樣就很好了。』

『遙小姐？是你的妻子嗎？』

『沒錯。她對我來說，是個好過頭的妻子。此外，我還有一個妻子，是特地從故鄉跑來找我的安娜。我覺得自己現在很幸福。但我之所以能這麼幸福，是因為卡露拉小姐沒有看上我，選擇與現在的丈夫結婚。我覺得你們非常相配。雖然現在或許遇到了一些困難，丈夫不在家也讓妳感到不安，但你們之後一定還能再和睦地一起生活吧。卡露拉小姐還很年輕，所以不用太擔心孩子的事情。雖然這種安慰方式可能有點不負責任，但因為我是個笨蛋……』

艾爾文大人是個溫柔的大人呢！

對方明明是以前害自己的失戀的女人。

而且，他在關鍵時刻應對女性的方式遠比老爺還要優秀！

老爺在這方面根本是完全不行。

『聽完艾爾文大人的話後，我的心情有比較平復了。你說的沒錯。這種事就算著急也沒用。』

『而且，如果內心不夠平靜，弓箭就會射不準吧。』

『確實如此呢。』

『這間店的蛋糕看起來很好吃。卡露拉小姐，要不要點一份來吃吃看？』
『不用了啦，都讓你聽我訴苦了，這樣太不好意思了。』
『沒關係啦。別看我這樣，我可是鮑麥斯特伯爵家的重臣呢。請朋友吃蛋糕這點錢，我還是付得起的。』
『謝謝你，艾爾文大人。』
『我也來點一份好了。』
『艾爾文大人也喜歡吃甜食呢。』
『這一定是受到我家主公的影響。再來就是因為陪妻子們出門時，經常有機會吃甜食吧。』
『哎呀，你們真是一對很棒的夫妻呢。』
之後，兩人一起享用了茶和蛋糕，在店門口互相道別。
看來一切都是我在杞人憂天。

「咳，我一開始就相信艾爾先生。」
遙大人。
其實妳心裡也是有點懷疑，才會跟我們一起來吧？
而且，妳還因為被艾爾文大人稱讚是「好過頭的妻子」，露出了非常明顯的笑容。
「我也相信艾爾文大人。」

安娜小姐……似乎也因為被艾爾文大人稱讚而感到非常開心。

「遙大人，我們來做些艾爾文大人喜歡的料理給他當晚餐吧。」

「真是個好主意。那我們去買東西吧。」

「好的。」

遙大人和安娜小姐放下心來後，就要好地一起去買晚餐的材料，留下我們直接離開。

現在只剩下我和多米妮克姊。

「幸好只是白擔心一場呢。」

「話雖如此，我覺得凡事總有萬一。」

「先不管這個，艾爾文大人只有提到遙大人和安娜小姐，蕾亞……妳還要再努力一點才行。」

說完後，多米妮克姊將雙手放在我的肩膀上，用同情的眼神看著我。

事情該不會是那樣吧？

艾爾文大人完全沒提到我，這表示我是個不及格的未婚妻嗎？

「不不不，艾爾文大人之所以沒提到我，是因為我還只是他的未婚妻。如果我們已經結婚，他一定會說『蕾亞對我來說是個好過頭的妻子』啦。」

「是嗎？妳剛剛不是還在懷疑自己未來的丈夫嗎？」

「只有我一個人有錯嗎？」

大家今天明明都一起跑來跟蹤了。

這代表大家多少有點贊同我的想法……

「話說妳繼續待在這裡好嗎？遙大人和安娜小姐，已經去幫艾爾文大人買晚餐的材料了……」

「說得也是！我也要去──！」

等等！

不要丟下我啊！

我的蛋糕還沒吃完……

「看我的厲害！唔唔……我吃完了！等等我啊──！」

我也要幫忙做晚餐給艾爾文大人吃！

我像這樣大喊著衝出店內，去追遙大人和安娜小姐。

＊　＊　＊

「享受臨時獲得的休假。巧妙利用時間也是女僕必備的技能。」

夫妻真的會遇到各式各樣的事情。

有時候也要像這樣獨自在不熟悉的城市找一間店，獨自享用茶和蛋糕，度過一段悠閒的時光。

真是個不錯的假日。

沒想到蕾亞的失控行為也能派上用場。

這或許也算是一種歪打正著。

順帶一提，卡露拉大人事後似乎順利懷孕，並生下了一個能夠繼承家業的兒子。

或許確實如艾爾文大人所說，之前那些事都只是無謂的擔心。

角色設定
草稿
Character rough

伊莉莎白・懷爾・索奴塔克九百九十九世

八男？別鬧了！

奇招百出的維多利亞 1~2 待續

Kadokawa Fantastic Novels

作者：守雨　插畫：藤実なんな

前頂尖諜報員組織幸福家庭的五年後
破解小說密碼的她展開尋寶大冒險！

維多利亞曾是頂尖諜報員，在她收留了小女孩諾娜並找回真正的人生後，五年過去了。結束濐國的研究工作後，維多利亞一家返回艾許伯里王國。某一天她發現一本冒險小說《失落的王冠》的珍本，並以天賦輕鬆解開小說中隱藏的神祕密碼⋯⋯

各 **NT$240~260/HK$80~87**

Silent Witch 沉默魔女的祕密 1~4 待續

Kadokawa Fantastic Novels

作者：依空まつり　插畫：藤実なんな

莫妮卡面對校慶明裡暗裡忙得不可開交！
此時卻有咒具流入校園!?

為確保第二王子能正式公開亮相，校方無視於棋藝大會的入侵者騷動，強行舉辦校慶。莫妮卡與反派千金及〈結界魔術師〉對此構築縝密的護衛計畫。然而就在以為準備萬全的當天清早，七賢人〈深淵咒術師〉卻忽地傳來了咒具流入校園的情報……

各 **NT$220~280/HK$73~93**

國家圖書館出版品預行編目資料

八男?別鬧了!/Y.A作；李文軒譯. -- 初版. -- 臺北市：
臺灣角川股份有限公司, 2023.11-
　冊；　公分. -- (Kadokawa fantastic novels)
譯自：八男って、それはないでしょう!
ISBN 978-626-378-171-9(第19冊：平裝)

861.57　　　　　　　　　　　　112015452

Kadokawa
Fantastic
Novels

八男？別鬧了！ 19

（原著名：八男って、それはないでしょう！19）

2023年11月27日　初版第1刷發行

作　　者：Y・A
插　　畫：藤ちょこ
譯　　者：李文軒

發 行 人：岩崎剛人
總 編 輯：蔡佩芬
編　　輯：黎夢萍
美術設計：黃永漢
印　　務：李明修（主任）、張加恩（主任）、張凱棋

發 行 所：台灣角川股份有限公司
地　　址：104台北市中山區松江路223號3樓
電　　話：（02）2515-3000
傳　　真：（02）2515-0033
網　　址：www.kadokawa.com.tw
劃撥帳戶：台灣角川股份有限公司
劃撥帳號：19487412
法律顧問：有澤法律事務所
製　　版：巨茂科技印刷有限公司
ＩＳＢＮ：978-626-378-171-9